# La mémoire en feu

**Marie-Claude Bur-Bobin**

# La mémoire en feu

*Roman*

LE LYS BLEU
ÉDITIONS

ISBN : 979-10-377-5568-1

Adolescente, j'ai souvent vu ma mère lire un livre dont je trouvais le titre magnifique mais qui m'intriguait : « Agnès de Rien ». Agnès, mon prénom.

Je n'en connaissais pas l'auteur, Germaine Beaumont – dont j'appris plus tard qu'elle fut la première femme à avoir obtenu le Prix Renaudot au siècle dernier – mais ce livre aux pages non massicotées et coupées à la hâte par son impatiente lectrice m'attirait. Je l'ai souvent feuilleté sans me décider à le lire vraiment. L'intrigue semblait se situer dans un vieux manoir en péril, les Fonts de Laumes, rejoignant dans mon imaginaire la Combe aux Loups, la Roche Mauprat, les Hauts de Hurlevent, Manderley… sans oublier le Porche aux lions, maison ancestrale de ma grand-mère paternelle.

J'ai toujours aimé ces noms mystérieux de vieilles demeures et c'est ce qui m'incita un jour à me plonger dans le livre. Était-ce à cause de lui que j'avais été prénommée Agnès ? Agnès des Fonts de Laumes… ajoutait aussitôt l'incorrigible romantique que j'étais, comme si Agnès du Porche aux Lions ne me suffisait pas.

« Agnès de Rien » était un simple roman mais l'ambiance qui s'en dégageait était glauque, mystérieuse, secrète. Je le lus entièrement à la recherche de ce qui avait tant plu à ma mère, comme pour y trouver une clé. Pourquoi cette histoire – somme toute le récit d'un tragique amour adultérin entre les deux personnages principaux au sein d'une famille toxique – l'avait-elle fascinée à ce point ? Était-elle si romantique ? Ce n'est pas l'image qu'elle donnait d'elle. Son mariage avec mon père l'avait-il déçue ? Cela aurait pu expliquer son caractère aigri, son autoritarisme, la domination qu'elle exerçait sur son mari qui se réfugiait dans le silence, sa manière de mener la maisonnée à la baguette où on n'écoutait personne et où je me suis souvent sentie Agnès de Rien.

Mon père s'appelait Julien. Julien de Cressac. Il était né de l'union de Louis de Cressac et d'Amélie Duhamel-Vandaele. À quand remontait la particule nobiliaire ? Difficile de le savoir, son propre père était mort dans les tranchées de Verdun pendant la Première Guerre mondiale, ses parents n'avaient pas survécu et à vrai dire la généalogie m'attire peu.

Ma mère se prénommait Lucie et était très belle à ce qu'on dit. Ils avaient à peine vingt ans quand ils se connurent et tombèrent follement amoureux.

Mon père, à la fin de ses études, reprit à Lille la brasserie de son grand-père et l'a modernisa ; les affaires marchaient bien à cette époque.

Mais la Deuxième Guerre mondiale vint tout gâcher. Quand elle éclata en 1939, il dut partir comme tous les hommes de son âge.

Ma mère était enceinte de moi ; ils n'eurent pas le temps de se marier.

Blessé gravement à la jambe deux ans plus tard et démobilisé, il rentra à Lille. Une claudication persisterait. Nous fîmes connaissance alors que je marchais déjà. Il épousa ma mère rapidement.

On me raconta que, patriote convaincu, le gouvernement de Vichy lui fut insupportable. Il rejoignit les Forces Françaises Libres, une organisation de la résistance. Ma mère était de nouveau enceinte et ils ne le savaient pas encore. Ma sœur vint au monde alors qu'il était à Londres ; quand il revint j'avais déjà quatre ans et j'entendais parler de lui par ma grand-mère comme d'un héros. Ma mère, qui avait vécu ses deux grossesses, ses deux accouchements et les soins à apporter à deux jeunes enfants toute seule même si notre grand-mère paternelle l'aidait beaucoup, était plus mitigée et beaucoup plus circonspecte dans ce qu'elle en disait. Elle n'avait jamais accepté qu'il parte pour sauver la France plutôt que de rester pour protéger sa famille… On peut comprendre.

À son retour, il avait beaucoup changé, paraît-il, amaigri et triste, mais la vie reprit malgré tout. La brasserie avait été endommagée par la dernière guerre, il fallut la reconstruire en partie et la faire redémarrer. Mon père travaillait énormément. Nous habitions une maison qui appartenait à ma famille paternelle, une solide maison certes mais je ne l'aimais pas, elle n'avait pas d'âme.

Ma sœur Louise et moi grandissions et, dès que je le pouvais, je filais chez ma grand-mère Amélie que j'avais baptisée Mounette et qui habitait le Porche aux Lions à quelques encablures de chez nous et, qui plus est, sur le chemin de l'école. On s'aimait beaucoup et nous étions très complices. Et en plus, j'adorais sa maison.

Depuis un moment, je percevais une fracture entre mon père et ma mère. Tout en lui la hérissait, c'en était même palpable et quand parfois il la prenait dans ses bras et que je pouvais voir son visage coincé entre son cou et son épaule, elle avait les yeux levés au ciel et les lèvres pincées. Elle ne l'aimait plus, c'était évident, mais depuis quand ? Ils avaient dû s'aimer pourtant puisqu'ils nous avaient faites, ma sœur et moi. Qu'est-ce qui avait fait mourir cet amour ? Pour la moindre des choses, une scène éclatait : le son de la radio porté trop haut au moment du journal parlé, une tache sur sa veste ou sur sa cravate, ses chaussures crottées sur le paillasson suffisaient pour qu'elle se déchaîne.

Quand je commençai à me rendre compte de ses injustices flagrantes vis-à-vis de mon père, j'intervenais en disant : « Mais maman, ce n'est pas grave, il ne l'a pas fait exprès ! » ce qui avait le don de l'exaspérer davantage, « Oh toi, tais-toi, je ne t'ai pas demandé ton avis ! » Mon père me faisait discrètement signe de me taire et attendait stoïquement que l'orage passe. Je ne comprenais pas qu'il reste sans réaction, avait-il peur d'elle et de ses réactions imprévisibles ?

Il avait les yeux tristes, chaque jour un peu plus, mais quand il me regardait son regard s'éclairait et il me souriait doucement. Je l'aimais tellement. Comment avait-il encore envie de prendre cette harpie dans ses bras ? Cela se produisait de moins en moins d'ailleurs. Il se noyait dans le travail, son échappatoire. Enfermé dans son bureau où je le rejoignais parfois, il vérifiait les comptes de la brasserie et pouvait y fumer sa pipe sans encourir de reproches. J'aimais le regarder la préparer avec un soin minutieux, observer la flamme de son briquet qui semblait entrer tout entière dans le fourneau quand il tirait les premières bouffées d'un tabac blond qui sentait le miel et la cannelle. Il semblait alors heureux et moi j'étais en paix, pouvant enfin me consacrer à mes devoirs de collégienne sans me sentir le devoir de le protéger.

Parfois, je demandais à ma sœur si elle ne trouvait pas que maman exagérait avec notre père. Invariablement, elle me répondait qu'elle avait sûrement ses raisons, qu'elle ne voulait pas se mêler de leurs problèmes et que je ferais bien d'en faire autant.

Mounette passait régulièrement nous voir. En sa présence, les scènes cessaient mais elle n'était pas dupe. Elle avait été témoin de quelques-unes d'entre elles et savait ce que mon père subissait. Elle venait pour l'en protéger, je le sentais bien. Je l'aimais pour cela et je savais qu'elle comprenait beaucoup de choses.

J'avais quinze ans quand une nouvelle scène éclata. Une scène plus froide, plus dure, plus menaçante, à laquelle je ne compris rien pour n'avoir pas assisté à son début. Le ton montait et j'entendis mon père déclarer « Maintenant, cela suffit, c'est trop cher payé ».

Je me cachai quand la porte s'ouvrit. Mon père était blanc comme un linge, il tenait fermement ma mère par le bras, l'obligeant à le suivre. Ils sortirent de la maison et j'entendis peu après la voiture démarrer et partir en trombe.

Où l'emmenait-il ? Qu'est-ce qui était trop cher payé ? Je me perdais en réflexions inquiètes, l'estomac noué. J'avais peur. Les heures passaient et la nuit tomberait bientôt.

C'est dans la soirée que la sonnette retentit. Ma sœur et moi courûmes ouvrir la porte. Deux gendarmes se tenaient devant nous.

L'accident avait eu lieu dans l'après-midi, à quelques kilomètres à peine de chez nous. La voiture s'était encastrée dans un arbre et ils avaient été tués sur le coup. Tous les deux.

Je perdis connaissance et me réveillai à l'hôpital où une ambulance appelée par les gendarmes m'avait amenée. Ma sœur avait été recueillie par nos voisins. J'étais seule avec des interrogations les plus affreuses et une conscience à jamais mise à mal. J'aurais pu les sauver si je les avais empêchés de partir. Mais j'étais restée là, sans rien faire, cachée derrière une porte. Agnès de Rien.

Mounette vint me rejoindre à l'hôpital ; bien que brisée par le drame, elle me souriait. Elle eut le courage de s'occuper des obsèques après que l'enquête de gendarmerie conclut à un accident dû à une vitesse inadaptée sur cette portion de route dangereuse ; c'est l'explication qu'elle me donna mais j'avais senti à une hésitation gênée dans sa voix que ce n'était pas l'exacte vérité.

Nous prenions souvent cette route et mon père roulait toujours prudemment sur le tronçon incriminé, que s'était-il passé ce jour-là ?

Il fallut bien continuer à vivre. Ma sœur choisit d'aller habiter Lyon d'où était originaire notre grand-mère maternelle que je trouvais ennuyeuse comme un jour de pluie et je lui préférai ma chère Mounette. Nous nous reconstruirions ensemble si toutefois il était possible de se reconstruire après un tel drame qui ne nous laissait que des interrogations. Les deux aïeules ne s'appréciant guère, ma sœur et moi ne nous voyions plus que deux ou trois fois par an sans jamais avoir grand-chose à nous dire.

Ma grand-mère vendit la brasserie dont le slogan publicitaire d'une banalité affligeante « Buvez la Bonne Bière Duhamel ! » fut heureusement remplacé par le consortium au nom très connu qui l'avait rachetée.

Elle avait de quoi vivre confortablement.

J'allai donc habiter le Porche aux lions qui m'enchantait depuis toujours. Ma grand-mère était native du Nord de la France et elle parlait de cette région avec émotion, l'appelant le pays des églantines et du chèvrefeuille, pas celui des terrils, des carreaux de mine et des corons, ce n'est pas ce qu'elle en connaissait le mieux. Fille de filateurs, petite-fille de brasseurs, c'est dans une grosse maison bourgeoise du 19$^{e}$ siècle, au cœur du vieux Lille, qu'elle était née et qu'elle habitait encore. Mon père y était né aussi, y avait grandi et j'avais l'impression de le retrouver dans ces vieux murs.

On ne voyait pas la maison depuis la rue et on y accédait après avoir franchi une porte cochère, traversé une cour pavée et gravi les quelques marches du perron. Je ne manquais jamais d'utiliser le heurtoir à mufle de lion de la porte d'entrée ni de lancer un coup d'œil complice au lion de pierre couché depuis plus d'un siècle sur le cintre du porche, en sentinelle bienveillante. Même les gargouilles du toit étaient en forme de tête de lion qui transformaient l'eau de la pluie en autant de cataractes. « J'habite le Porche aux Lions ! » disais-je dès que l'occasion s'en présentait et je me sentais alors comme une héroïne sortie d'un roman de Jane Austen ou d'Emily Brontë.

Je n'étais plus « Agnès de Rien ».

La maison elle-même, avec tous ses recoins, ses niveaux différents, ses cheminées, ses caves et ses greniers, avait toujours ravi l'imaginaire de la petite fille que j'étais et celui de la jeune fille que je devins. La pièce que je préférais était le salon où nous nous tenions le plus souvent, là où trônait le piano demi-queue dont ma grand-mère jouait encore et qui serait mien un jour m'avait-elle promis ; j'y avais fait mes premières gammes et plus tard joué des morceaux plus élaborés. Il fut pour moi un refuge et une joie. Complétant le décor, une vieille et grande cheminée attendait patiemment qu'on veuille bien l'allumer mais nous y renâclions, découragées à l'avance par les cendres à vider, les bûches à aller chercher à la cave ; seules les « grandes soirées », Noël, Nouvel An faisaient céder notre hésitation mais nous aimions les profonds fauteuils qui y faisaient face où je me lovais pour lire près de Mounette et où nous parlions beaucoup. Tous mes secrets, c'est là que je les lui confiais.

Cette maison était une partie de moi-même.

***

Ma grand-mère fit courageusement face à la mort de son fils mais je savais que c'était pour me donner la force d'oublier le drame atroce de sa disparition. J'eus beaucoup de mal à penser à la mort de ma mère, je la rendais responsable de celle de mon père sans savoir ce qu'il en était réellement. Le doute est une terrible souffrance quand on sait qu'il n'y aura jamais de réponse à ses interrogations.

Un vieil ami de la famille nous fut d'un grand soutien. Nous l'appelions toutes les deux « Parrain » sans doute parce qu'il avait été celui de mon père. Je crois qu'il ne s'était jamais marié et il vivait, solitaire, dans une grande maison Place Carnot, à quelques rues du Porche aux Lions.

D'une exquise politesse, utilisant des expressions délicieusement surannées, il dégageait, été comme hiver, un léger parfum de lavande. Je le trouvais beau et élégant. Il attachait ses cheveux de neige qu'il avait longs en catogan ; c'était original mais il se moquait éperdument des regards critiques qu'il attirait parfois.

Derrière ses lunettes cerclées de métal, son regard était à la fois doux, vif, pétillant de malice et d'intelligence. Il avait toujours quelque chose à raconter. J'aimais l'écouter et ma grand-mère disait de lui que c'était un érudit mais j'étais encore trop jeune pour en juger.

Mounette et lui avaient des discussions sans fin sur la politique, sur ce qui se passait dans le monde, sur les livres qu'ils avaient lus et moi je buvais leurs paroles. Quand ils abordaient certains sujets sur lesquels elle s'enflammait, Parrain lui disait parfois en riant « Ma chère Amélie, vous ne changerez jamais ! »

Nos dimanches les plus réussis étaient ceux où nous allions au cinéma, quand il y avait un film « à voir en famille », à la séance de seize heures.

C'était un cinéma de quartier comme on n'en fait plus et c'est là que j'ai découvert le Septième Art qui m'enchanterait pour toujours. Il s'appelait « Le Tsar ». En fait, à l'origine c'était le « Star » mais deux lettres étaient tombées et furent mal repositionnées par celui qui répara, ce qui donna « Tsar » ; on ne les changea plus.

Le Tsar donc n'était pas très grand mais avait un balcon, là où les places étaient plus chères parce qu'on voyait mieux ; ses murs étaient peints en bleu nuit pour mieux faire ressortir le rideau rouge qui dissimulait l'écran. Au parterre s'alignaient des rangées de sièges en bois, inconfortables dont l'assise se rabattait avec un claquement sec quand on se relevait.

Je dois à Charlie Chaplin mes premières interrogations « politiques », en particulier le nazisme, grâce à son « Dictateur » et mes premières interrogations « philosophiques » à « Orphée » de Jean Cocteau, avec la traversée du miroir, les mystérieuses phrases codées qu'écoute clandestinement Orphée/Jean Marais, fasciné par la Mort/Maria Casarès… « Le silence va plus vite à reculons ; Un seul verre d'eau éclaire le monde ; L'oiseau chante avec ses doigts ; Les miroirs feraient bien de réfléchir davantage ; Le crêpe des petites veuves est un déjeuner de soleil ; Jupiter rend sages ceux qu'il veut perdre : les miroirs sont les portes par lesquelles la Mort va et vient »… Inoubliable !

Après la lecture qui m'avait suffi jusque-là, je savais désormais comment m'évader complètement pour rejoindre un monde extraordinaire : en poussant les portes des salles obscures. Elles m'attirent encore, le rêve s'y trouve à l'état pur.

Les dimanches, quand il n'y avait pas de film à voir « en famille », je raccompagnais Parrain après le déjeuner dominical et nous traversions un parc. Chemin faisant, il me parlait, m'expliquant la chlorophylle des arbres, les oiseaux dans les branches, les fleurs des parterres qu'il appelait de noms savants.

Ce dimanche-là, il m'invita, fait exceptionnel car il vivait comme un ermite, à entrer chez lui.

Je ne connaissais de sa maison que l'extérieur. Datant des années 1900, en briques et meulières, elle était imposante. Quelques marches menaient à une lourde porte de chêne sombre égayée d'un heurtoir en cuivre qu'il ouvrit à l'aide d'une clé anormalement longue, en cuivre elle aussi. Je le suivis tout au long d'un long couloir carrelé de noir et de blanc, les murs étaient tendus d'un tissu qui dut être vert jade. Nous dépassâmes un escalier en bois foncé et sa rampe aux colonnes torsadées qui menait aux étages, puis une salle à manger sombre et solennelle comme on les faisait avant, pour finalement arriver dans la pièce où il se tenait le plus, un endroit que personne n'aurait pu imaginer.

C'était une sorte de véranda s'ouvrant sur un jardin savamment sauvage. Il me dit doucement « tu sais, le bout du monde et le fond d'un jardin contiennent la même quantité de merveilles… point n'est besoin de voyager loin… » Je ne bougeais plus. L'endroit était magnifique de couleurs tendres et de vie. Il regardait en souriant ma mine éberluée, me prit par les épaules et me fit avancer dans la pièce baignée d'une douce lumière. Des glycines couraient sur le toit de verre, de profonds fauteuils recouverts de cretonne fleurie aux tons éteints et dont les coussins encore empreints de la forme de son corps lourd semblaient attendre qu'il revienne dans leur tiédeur. Des bouquets de fleurs séchées se décoloraient doucement dans des vases d'opaline, des livres s'entassaient sur plusieurs colonnes dans un désordre vivant. Un piano couvert de partitions s'appuyait contre un des murs. J'étais sous le charme que cette véranda diffusait. Je remarquai aussi une table couverte de feuilles éparses, de cahiers ouverts sur une écriture régulière à l'encre violette qui d'ailleurs tachait encore ses doigts et je le regardai d'un œil interrogateur.

« Oui, tu vois, j'écris. J'écris des pages que personne ne lira sans doute jamais, je suis un chercheur de sens… qui me lirait ? » me dit-il, songeur. Il m'offrit des bonbons à l'essence de violette qu'il faisait lui-même et me dit de rentrer chez ma grand-mère pour ne pas l'inquiéter.

Quand je pense à lui aujourd'hui, je trouve ces vers de Victor Hugo « Et l'on voit de la flamme aux yeux des jeunes gens, mais dans l'œil du vieillard on voit de la lumière », écrits pour lui.

***

Mounette reportait sur moi tout ce qu'elle ne pouvait plus donner à son fils, sans m'étouffer cependant. J'adoucissais ses jours comme elle adoucissait les miens. Nous parlions beaucoup mais je n'osai pas poser la question qui me brûlait les lèvres : qu'était-il arrivé à mes parents pour qu'ils se haïssent ? Aurait-elle pu me répondre ? Il me semblait que oui. Peut-être fallait-il encore attendre.

Pourtant loquace sur son passé, elle ne me parlait jamais de son mari, mon grand-père, Louis de Cressac. Il avait été tué à

Verdun pendant la Première Guerre mondiale en se comportant en héros, c'est tout ce que je savais de lui. Peut-être était-ce trop douloureux pour elle de parler de celui qui avait dû être son grand amour et le père de mon père, mais j'aurais aimé. Après tout, je m'appelle aussi Agnès de Cressac.

La vive douleur des disparitions tragiques de mes parents s'atténuait et, au fil du temps, notre vie devint presque agréable, J'étais devenue le point central de la vie de ma grand-mère. Je fréquentais le lycée où elle-même était allée et mes études rythmaient nos journées. J'étais une adolescente avec ses soucis d'adolescente ; brune aux yeux à la couleur indéfinissable, une masse de longs cheveux châtains la plupart du temps coiffés en « queue de cheval » et beaucoup plus grande que les filles de mon âge, je m'habillais de longs pulls noirs informes sur des pantalons tout aussi peu gracieux. Mounette le déplorait, elle me trouvait si jolie en robe. Mais elle écoutait patiemment mes soucis d'adolescente. Je trouvais mon nez trop grand... « Mais non, il n'est pas trop grand, il est adapté à ton visage, tu te vois avec un nez en trompette ? » Je riais.

« Ton atout principal sont tes yeux : verts avec un contour vert de gris foncé et des reflets céladon, quelques points dorés, ils sont magnifiques et rares... je ne serai pas la seule à te le dire, tu verras ! » Et elle m'embrassait en riant, accentuant le plissé soleil de ses yeux qu'elle avait toujours aussi vifs et bleus ; son visage, même flétri, était encore très beau et ses longs cheveux devenus d'un blanc pur qu'elle attachait en un chignon bas sur la nuque lui donnaient la douceur étonnée d'une femme surprise par la vieillesse.

Elle citait parfois une phrase de Montaigne qui traduisait sa crainte de mal vieillir et qu'elle avait simplifiée pour se la remémorer plus facilement : « Prenons garde que la vieillesse ne nous attache plus de rides à l'esprit qu'au visage. »

Sans être athée, elle ne pratiquait pas. « Dieu est pour tout le monde et les religions sont le plus souvent un barrage entre Lui et nous, mais nous en avons besoin pour nous aider dans notre désarroi face à la mort ».

Je me suis souvent souvenue de cette phrase lorsque je commençai, plus tard dans ma vie, à m'interroger sur l'existence – ou non – de Dieu et de la mort qui viendrait un jour.

Profondément républicaine et démocrate, Mounette s'intéressait beaucoup à la politique et assistait parfois à des meetings où elle m'emmenait « pour te forger les idées » disait-elle. « Il faut que tu sois informée parce que tu pourras voter à ta majorité, tu le devras d'ailleurs, les femmes ont assez lutté pour acquérir ce droit ! »

Elle lisait de nombreux journaux de toutes tendances pour comprendre ce qui se passait dans le monde en gardant un maximum d'objectivité. Je lui dois beaucoup car j'appris à ses côtés à ne pas me satisfaire des idées reçues, à réfléchir par moi-même et surtout à ne jamais renoncer à ma liberté de penser.

Elle était féministe dans l'âme et très tôt elle me parla des pionnières et, d'Olympe de Gouges à Simone de Beauvoir, j'appris tout d'elles ; je lus « Le deuxième sexe » bien avant toutes les filles de mon âge.

Un soir, alors que nous regardions les manifestations étudiantes du journal télévisé elle se leva comme piquée par une guêpe à la vue de certaines banderoles brandies par des jeunes filles.

« Tu t'en rends compte, voilà qu'elles revendiquent le féminisme ! Mais le féminisme existe depuis le 18e mesdemoiselles et même avant ! C'est même Alexandre Dumas qui a inventé ce mot ! Oui, voilà des siècles que nous nous battons et c'est grâce aux suffragettes que les femmes ont le droit de vote aujourd'hui… pour les Françaises seulement depuis 1944, bien après la Grande-Bretagne, la Norvège, la Russie et même la Turquie, pas de quoi être fiers, Messieurs ! »

Je riais de voir ainsi fulminer ma passionaria qui rit avec moi après s'être calmée et je lui posai une question qui visiblement la ravit.

— C'était quoi les suffragettes exactement ?

Effectivement, elle devint intarissable :

— C'est en Angleterre qu'est né le terme de « suffragette », en 1903, je crois. La première à utiliser ce mot fut Emmeline Pankhurst de Manchester. Il faut croire que les Britanniques étaient prêtes car elle fut suivie par de nombreuses autres femmes qui revendiquaient des droits nouveaux… inspirés d'ailleurs des idées de la Révolution française… Cocorico… pour faire évoluer la condition féminine. Ce mouvement gagna rapidement la France mené essentiellement par des femmes extraordinaires comme Maria Deraismes, Hubertine Auclert, Marguerite Durand, Louise Weiss… Ah ! Louise Weiss… que j'ai connue ! Mon héroïne ! Quelle femme ! Quelle rassembleuse !

— Et tu oublies Olympe de Gouges, Mounette ! Je l'ai étudiée en première année, elle est l'auteur de la Déclaration des droits de la femme et de la citoyenne ; elle a aussi beaucoup écrit pour l'abolition de l'esclavage des noirs… et elle est la deuxième femme française à avoir été guillotinée, après Marie-Antoinette pendant la révolution… Je me souviens qu'elle écrivit : « si les femmes ont le droit de monter à l'échafaud, elles doivent avoir celui de monter à la tribune »… Triste prémonition…

— Oui, on ne plaisantait pas à l'époque de Robespierre…

— Pour en revenir aux suffragettes, est-ce que vous revendiquiez seulement le droit de vote ?

— Que nenni ma chérie, pas seulement ! Nous revendiquions l'autonomie, l'égalité des droits civils, le droit à l'éducation, la lutte contre la prostitution, l'amélioration du sort des travailleuses… et j'en passe !

— Aucun homme ne vous a aidées dans ce combat ?

— Mais si, beaucoup ! à commencer par le grand Condorcet qui de son temps avait déjà dénoncé le viol du principe de l'égalité des droits dont les femmes étaient victimes ; il était le contemporain d'Olympe de Gouges justement dont il défendait les idées sur l'abolitionnisme, c'était en 1788… Avant elle, iI y avait eu François Poulain de la Barre, premier philosophe féministe, qui déclara que « l'esprit n'a pas de sexe », Et combien d'autres hommes encore se rallièrent à notre cause… dont Victor Hugo bien sûr ! La plupart furent traités de fous ou d'utopistes, ridiculisés par leurs pairs… ce qui explique pourquoi les choses ne bougèrent pas beaucoup… et ne bougent toujours pas assez, à part quelques percées bien timides… La plupart des hommes ne comprenaient pas notre combat, pensant que nous nous voulions supérieures à eux alors que nous ne voulions que devenir leurs égales !

À propos du féminisme, j'ai encore ceci à ajouter – et c'est très important – ce n'est pas parce que je suis féministe que je suis contre les hommes : nous sommes un pôle de l'humanité et les hommes sont l'autre, c'est notre complémentarité qui est extraordinaire, souviens t'en !

Nos discussions sur la justice et la liberté éveillèrent en moi une vocation et je voulus étudier le droit. C'est ce que je fis et Lille avait une excellente faculté. Cela me permit de continuer à habiter le Porche aux Lions pendant quelques années, pour mon plus grand bonheur et celui de Mounette. Elle suivait mes études de près. « Tu ne connaîtras bien que ce que tu comprends et ce que tu approuves », me disait-elle et, encore aujourd'hui, je le vérifie souvent.

Au fil des années, l'orientation que prendrait de ma future profession se précisait, je voulais devenir Magistrate et plus exactement juge d'instruction ou juge aux affaires de famille.

Je passai donc une année supplémentaire à l'Institut d'études judiciaires de Lille pour y préparer le concours de l'École de la Magistrature de Bordeaux, réputé très difficile.

Elle fut très fière que je réussisse ce concours d'entrée qui pourtant allait nous séparer pour presque trois années, la durée des études.

Un soir, voyant Mounette songeuse, je lui en demandai la raison. La réponse qu'elle me donna me fit éclater de rire.

— Je pense à Napoléon figure-toi !

— À Napoléon ? Mais pourquoi ?

— Lors de notre conversation de l'autre jour sur le féminisme, j'ai oublié de le citer parmi ceux qui furent des freins à l'évolution du droit des femmes.

— Tu penses au Code Civil ? Il est vrai qu'il était loin d'être progressiste à ce niveau-là !

— J'ai retrouvé l'autre jour le commentaire qu'il avait fait sur le mariage… je l'ai noté là, attends, je cherche, ah ! le voilà !

« Il importe, dans un siècle où les femmes oublient le sentiment de leur infériorité, de leur rappeler avec franchise la soumission qu'elles doivent à l'homme qui va devenir l'arbitre de leur destinée. »

— Je ne connaissais pas et effectivement c'est atterrant... Mais il est vrai que dans son Code civil, la femme est considérée comme une mineure ; elle ne peut ni travailler, ni ouvrir un compte, ni ester en justice, ni faire des papiers, ni passer des examens, sans l'accord de son mari. L'adultère est passible de 3 mois à 2 ans de prison pour la femme, il ne constitue pas un délit pour un homme, sauf s'il entretient sa maîtresse au domicile et encore, ce n'est qu'une amende. La violence conjugale est tolérée : le mari doit pouvoir, avec modération, joindre la force à l'autorité pour se faire respecter...

— J'aime bien le « avec modération »... Le seul point positif c'est que ce Code civil, établissant que le mari doit protection envers sa femme et ses enfants, oblige les familles à vivre sous le même toit, met en place la filiation et le droit à l'héritage, etc. Ce n'est pas parfait, c'est certain, mais tout n'est certainement pas à jeter, soyons objectives !

— Pour moi qui suis désormais juriste, oui, le Code civil napoléonien est profondément misogyne mais ce n'est pas lui ni Napoléon qui ont inventé cette situation. Comme tu le soulignais, ce code permet de poser par écrit et donc d'inscrire dans le droit les bases d'une société patriarcale établie et ordonnée. Ce code est misogyne certes mais la société l'était déjà fortement et il se veut surtout un garant des droits et des devoirs de chacun des citoyens afin que la société soit la plus fonctionnelle possible.

— Certes. Mais quand tu penses qu'il faudra attendre le XX$^{e}$ siècle pour voir se détricoter peu à peu ce Code qui pesait lourdement sur les femmes : 1944 pour le droit de vote, 1965 pour qu'elles puissent ouvrir un compte en banque seules, la condition féminine doit quand même un siècle de retard à Napoléon ! A-t-on des éléments pour affirmer que la situation était pire que dans les autres nations européennes ?

— Ma petite Mounette, je vais regarder ça de près et je te dirai… mais pas ce soir ! Bonne nuit, insatiable curieuse !

C'est pendant cette période précédant mon départ pour Bordeaux, alors que nous devisions paisiblement blotties dans nos fauteuils préférés, ma grand-mère m'annonça devoir me parler « sérieusement ». Elle était si solennelle que j'en pris presque peur.

— Rien de grave Mounette ?

— Oui et non, mais puisque tu vas bientôt partir et que tant de choses peuvent arriver pendant ton absence, je crois que le moment est venu de te parler de la disparition de tes parents.

— Ah bon ? Tu as des révélations à me faire ? lui demandai-je un peu sur le qui-vive.

— Oui. Il s'agit de cet horrible accident de voiture sur cette route souvent empruntée qui nous a, à toi comme à moi, posé de nombreuses questions. Une des tiennes était alors « comment en étaient-ils arrivés à se haïr ? » Te la poses-tu toujours ?

— Plus de manière aussi aigüe mais c'est en effet encore dans mes interrogations et les souvenirs que j'ai de leurs relations me mettent toujours mal à l'aise. Pourquoi me poses-tu cette question ?

— Parce que j'ai peut-être une partie de la réponse et si elle pouvait t'apaiser cela vaudrait la peine que je t'en parle. Le désires-tu ?

— Oui bien sûr !

Et Mounette commença un récit qui révéla un pan de la vie de mon père dont j'ignorais tout.

« Très jeune, Julien a rencontré une jeune fille, Lucie, dont il est tombé follement amoureux. Il m'en avait parlé, j'étais heureuse pour lui. Mais on était en 1939 et la Deuxième Guerre mondiale éclata. Comme tous les hommes de son âge, il fut mobilisé et dut partir. Mais ils avaient fauté… (comme on disait alors !) et ne savaient pas que Lucie était enceinte ; tu naquis pendant qu'il était au front.

Blessé gravement à la jambe, il fut démobilisé en avril 1940, revint et fit ta connaissance alors que tu savais déjà marcher. Il épousa ta mère rapidement. Sa blessure fut soignée correctement.

Mais la guerre prenait une mauvaise tournure, je t'explique brièvement le contexte historique pour que tu comprennes bien ce qui se passait.

Après avoir envahi une partie de l'Europe, l'armée allemande écrasa l'armée française en juin 1940. Le nouveau chef du gouvernement, le Maréchal Pétain, un vieillard de 84 ans, signe la capitulation ; il donne en plus l'ordre de signer l'accord de l'armistice avec le chancelier allemand Hitler et collabore avec l'occupant nazi puis installe un régime dictatorial, xénophobe et antisémite. Une horreur. Ton père devenait fou. Il avait évidemment entendu l'appel du Général de Gaulle du 18 juin 1940 auquel il pensait sans cesse. À partir de juillet 1940, l'oreille collée à la TSF, il écoutait à la BBC « Les Français parlent aux Français » à toute heure du jour et de la nuit.

Et un jour, n'y tenant plus, il nous déclara, à ta mère et à moi, qu'il allait rejoindre les Forces Françaises Libres à Londres. Malgré nos supplications, il partit pour continuer à se battre pour son pays.

Ce que nous ignorions tous, c'est que Lucie était enceinte de ta sœur Louise. Bis repetita…

Si je te dis que ton père a travaillé aux côtés de Jean Moulin, tu comprendras beaucoup de choses. On pouvait tout craindre. Malgré les risques qu'il prit, il ne fut ni blessé ni arrêté par les Allemands comme tant d'autres, c'était miraculeux. Il revint en juin 1944, après le débarquement en Normandie.

Maintenant, j'en viens au cœur du problème qui nous concerne. Il faut que je reprenne mon souffle… ce n'est pas facile à dire.

À Londres, il rencontra une certaine Maddy qui était infirmière et ils eurent une liaison qui dura quelque temps. Je ne l'appris que bien plus tard.

Le 13 juin 1944, Hitler, malgré le débarquement, continuait ses exactions en Angleterre comme en France (souviens-toi d'Oradour-sur-Glane de sinistre mémoire…) et Londres fut ravagée par les terribles bombes volantes V1 allemandes. L'hôpital où travaillait Maddy fut détruit et on retrouva son corps sous les décombres.

Même si ton père n'a pas commenté le drame, je suppose qu'il en fut affecté.

Mais il rentra et retrouva sa femme et ses deux filles.

Il n'allait pas bien, c'était évident, même s'il essayait de le cacher. Au début, Lucie pensait que c'était le contrecoup de tout ce qu'il avait vécu à la guerre.

Et un jour, malheureusement, il craqua et lui avoua sa liaison avec Maddy.

Sur le coup, Lucie ne réagit pas. Elle resta tétanisée par la révélation. Elle devint si pâle qu'il vint vers elle pour la soutenir, arrêté dans son élan par un « Ne me touche pas ! »

Un « Ne me touche pas » terrible.

Un « Ne me touche pas » qui devint permanent, irréversible, définitif.

Julien dormait dans son bureau, elle avait gardé la chambre conjugale.

Il me confia ce qu'il vivait assez tôt. J'ai essayé de raisonner Lucie, de l'implorer de pardonner, de tenir compte des circonstances et d'oublier. Elle restait drapée dans son rôle de femme bafouée et cela dura onze ans… Jusqu'à l'accident.

Pendant ces onze années, il remplit son devoir de père de famille de façon admirable, il vous aimait toutes les deux plus que tout et faisait en sorte que vous ne souffriez pas du désaccord du couple. Il rétablit la brasserie dont l'activité reprit vous faisant une vie confortable.

J'étais sidérée face à ces révélations mais elles étaient loin d'être terminées et le pire m'attendait.

Ma grand-mère se tut un long moment, puis, en s'y reprenant à plusieurs reprises, interrompue par sa voix qui se brisait, elle parla.

« Selon le rapport de la gendarmerie, au moment où la voiture était à pleine vitesse sur la route droite et dégagée à cet endroit, c'est Lucie qui aurait donné un violent coup de volant qui déporta la voiture sur la gauche, là où se trouvait un énorme platane dans lequel la voiture s'encastra. »

Je ne pus réprimer un cri. Ainsi c'était ELLE, ma mère, qui avait provoqué l'accident qui les avait tués !

« Jamais je n'aurais dû te le dire ! » s'exclama-t-elle.

« Si Mounette, tu le devais, tu me le devais, tu connais trop les questions qui me tourmentent depuis ce jour-là, même si je ne t'en parle pas tous les jours ! »

Il est vrai que je n'arrivais pas à oublier ce « c'est trop cher payé », les derniers mots que j'entendis de mon père. Mais où emmenait-il ma mère et pour quoi faire qui expliquerait le « trop cher payé ? » Ces questions-là n'auraient probablement jamais de réponse. Je ne dormis pas beaucoup cette nuit-là et le peu de sommeil que je trouvai fut peuplé de cauchemars.

À la rentrée suivante, les épaules lourdes de ce que j'avais appris, je m'installai à Bordeaux. Les études qui me passionnaient firent diversion.

Mounette m'écrivait souvent, je lui répondais à chaque fois et notre correspondance contenait parfois des morceaux d'anthologie. J'ai gardé toutes ses lettres comme elle a gardé toutes les miennes. Je revenais à Lille à chaque période de vacances ; je la trouvais à chaque fois l'œil et le verbe toujours aussi vifs et j'étais rassurée. Parrain lui rendait souvent visite, cela me tranquillisait et je lui en savais gré. Peu à peu, je m'apaisais.

Ma vie sentimentale d'alors ressemblait à un électroencéphalogramme plat ; je sortais parfois avec des amis, flirtais avec certains, sans que rien de concluant ne fasse vibrer mon cœur. Je fus dévirginisée sur la banquette arrière d'une voiture, vite et mal, mon partenaire n'ayant pas plus d'expérience que moi, mais je ne lui en tins pas rigueur et nous restâmes amants occasionnels, sans passion, tendrement, gentiment. J'attendais l'amour sans impatience, il arriverait bien un jour, rien ne pressait.

Mais il me tomba dessus sans crier de gare.

Presque arrivée à la fin de mes études, j'étais rentrée à Lille pour les fêtes de Noël. À cette époque, il y avait souvent des Noëls blancs et ce jour-là il neigeait abondamment. On n'y voyait pas à deux mètres, j'avais les bras chargés des courses du réveillon quand je glissai malencontreusement sur une plaque de verglas.

Un homme me retint avant que je ne touche le sol, mais les paquets dont j'étais encombrée s'étalèrent sur le trottoir. Je restai accrochée à son bras et je me souviens de l'anorak épais qu'il portait et contre lequel je me sentais bien.

J'aurais voulu que le temps s'arrête et c'est lui qui, inquiet par mon inertie demanda « Vous vous sentez bien, mademoiselle ? » Sans comprendre pourquoi, je mentis. « Nnnoon… je crois que je me suis foulé la cheville… » Il s'accroupit et nous nous retrouvâmes nez à nez sur le trottoir enneigé, des mandarines, des chocolats, des coquilles de Noël, dispersés autour de nous.

Il semblait assez jeune, avait une barbe naissante, des lunettes rondes et les cheveux cachés par un bonnet de laine rouge. « Pouvez-vous vous redresser et essayer de marcher ? » s'inquiéta l'inconnu. « Non, enfin je ne crois pas… » mentis-je encore effrontément car je ne ressentais aucune douleur. Il mit alors ses deux bras autour de moi et je me retrouvai le dos tout contre lui. J'aurais voulu ne plus bouger, jamais je n'avais éprouvé cette sensation. « Ça va ? » s'inquiéta de nouveau mon sauveteur. Je fis semblant de tester mes jambes qui évidemment répondaient mais je me dis qu'un léger boitement serait plus crédible, un peu honteuse de jouer cette comédie.

Je me retournai enfin vers lui. Il me dépassait d'une tête et cela m'arrivait rarement car j'étais vraiment une grande tige d'un mètre soixante-quinze et j'avais rarement dû lever la tête pour regarder un homme dans les yeux. Cela me troubla profondément. Son regard était doux, vaguement inquiet et interrogateur mais je ne voulus pas le rassurer. Pas encore.

Après avoir ramassé les courses éparpillées, il me proposa d'aller boire un chocolat chaud et j'acceptai évidemment aussitôt. Nous n'étions pas loin d'une brasserie et la chaleur de l'établissement était fort agréable. Il nous fraya un chemin parmi les tables occupées pour trouver un endroit où nous pourrions nous installer. Je le suivais en claudiquant pour la forme et il m'avança une chaise.

« D'accord pour un chocolat chaud ? me demanda-t-il. Oui, très chaud même ! »

C'est alors qu'il enleva son bonnet de laine laissant apparaître une chevelure abondante, mi-longue, châtain clair et ondulée, dans laquelle j'eus envie de passer la main. Pour interrompre le silence qui s'installait, je le remerciai de m'avoir empêchée de tomber plus lourdement. Il me regardait, me dévisageait même, comme surpris de me découvrir.

— Vous ressemblez à la belle Ferronnière, dit-il enfin.

— A la belle quoi ? m'étonnai-je, dévoilant ainsi mon inculture en matière de peinture.

Il rit et son rire lui illumina le visage et les yeux qu'il avait noisette.

— Vous êtes peintre ?

— Non, archéologue, mais j'aime l'art sous toutes ses formes et je fréquente beaucoup les musées.

— Et que faites-vous comme archéologue ? déjà gênée par l'indiscrétion de ma question, mais il répondit simplement.

— En ce moment, je travaille comme restaurateur sur un chantier de la cathédrale de Reims en attendant de partir sur un site archéologique en Afrique.

— Mais c'est passionnant ! l'interrompis-je. Et que faites-vous à Lille en période de Noël ?

— Je suis venu passer les fêtes chez des amis très chers. Et vous ? À votre tour maintenant !

— Je suis étudiante à l'École de la Magistrature à Bordeaux…

— Rien que ça ! Même question, que faites-vous à Lille en cette période de l'année ?

— Je suis née ici et j'habite ici, avec ma grand-mère mais j'étudie à Bordeaux pour le moment et je suis rentrée pour les fêtes.

— Comment vous appelez-vous ?

— Agnès. Et vous ?

— Philippe.

— Bonjour, Philippe.

— Bonjour, Agnès.

Il retint ma main plus que de raison et je n'avais aucune envie de la lui enlever.

Après avoir bu notre chocolat, il proposa de me raccompagner pour m'aider à porter mes paquets… et surtout pour m'empêcher de glisser une nouvelle fois, ajouta-t-il en souriant. J'en oubliai de boiter. Il le remarqua et me dit être content que je me sois si vite remise… Il n'était donc pas dupe et j'en rougis intérieurement. Arrivés devant le Porche aux Lions, je m'arrêtai.

— Voilà, je suis arrivée, c'est ici que j'habite.

— Cette maison est magnifique, je l'ai déjà remarquée au cours de mes promenades et vous avez la chance d'y habiter.

— Oui, c'est vrai, je l'adore !

— Vous reverrai-je avant que nous ne repartions… vers nos destins ?

La question que j'attendais ! Quelque chose me disait que nous devions ne pas nous perdre de vue. Ses yeux me le disaient aussi. Le rendez-vous fut pris pour le lendemain… au Palais des Beaux-arts.

— Malheureusement, nous n'y verrons pas la Belle Ferronnière dit-il malicieusement.

— Forcément, c'est un musée d'art moderne ! lui répondis-je un peu vexée quand même.

— Alors à demain… et sans rancune ?

— À demain. Sans rancune évidemment.

Je lui tendis la main qu'il prit tout entière dans la sienne, ses yeux plantés au fond des miens. J'aime.

À peine rentrée, je demandai à ma grand-mère si elle connaissait ce portrait, elle qui connaissait tout. « Je sais qu'il est de Léonard de Vinci, j'ai des tas de livres sur ses œuvres, on va trouver, mais pourquoi t'intéresses-tu si soudainement à la peinture ? Remarque, j'en suis ravie car cela manquait à ta culture ! » Je lui relatai ma rencontre. Elle ne fit aucun commentaire mais chercha le livre où nous pourrions trouver cette Belle Ferronnière. Et nous trouvâmes. Les historiens pensent qu'elle fut peut-être la maîtresse de François Ier. Je regardai attentivement cette jeune femme brune, aux traits fins, aux grands yeux foncés et à la petite bouche bien dessinée, au joli bijou qui ceignait son front. Mounette me dit qu'effectivement il y avait une ressemblance mais que j'étais nettement plus moderne et que mes yeux étaient plus grands et plus beaux !

Je fis des rêves bizarres cette nuit-là et je pressentais que quelque chose d'important venait de se produire dans ma vie.

Le lendemain main je passai une heure dans la salle de bain à essayer de dompter mes cheveux avec de nouvelles coiffures, à changer plusieurs fois de vêtements pour finalement revenir aux jeans que j'affectionnais et je choisis un joli pull à col roulé rose qui me faisait un joli teint, Philippe ne devait pas être homme à donner de l'importance aux tenues vestimentaires. J'enfilai mon éternel duffle-coat, chaussai mes boots et enroulai une grosse écharpe plusieurs fois autour de mon cou ; j'étais prête à retrouver Philippe, le cœur un peu battant.

À l'heure dite, j'étais dans l'entrée du Palais des Beaux-Arts, il m'y attendait déjà et avait acheté les billets d'entrée.

Il fut un guide parfait dans ce musée qu'il connaissait déjà et m'initia à un art que mes études ne m'avaient pas laissé le temps de vraiment découvrir. Ce furent quelques œuvres de Nicolas de Staël qui retinrent le plus mon attention.

Philippe me raconta la vie et la fin tragique de ce peintre maudit, c'était passionnant. L'après-midi passa comme un rêve ; il faisait déjà nuit quand nous sortîmes.

— Un chocolat chaud, comme hier ? me proposa-t-il

— Volontiers, on ne va tout de même pas se quitter sur les marches d'un musée !

Nous retournâmes dans la même brasserie que la veille.

— On vous a déjà dit que vous aviez des yeux extraordinaires ?

— Oui, ma grand-mère mais je crois qu'elle manque d'objectivité !

— Non, je vous assure, je crois n'avoir jamais vu des yeux de cette couleur…

Gênée, je ne répondis rien. Un parfum de nostalgie flottait dans l'air. Ce soir, on fêterait Noël chacun de notre côté. Il me demanda quelles étaient nos traditions familiales pour ce soir-là.

— Bien que nous soyons agnostiques, ma grand-mère, mon parrain et moi allons chaque année à la messe de minuit dans la cathédrale… sans doute à cause des grands orgues qui donneraient presque envie d'avoir la foi… Et vous ?

— Un réveillon des plus classiques autour d'une dinde et je ne crois pas que la messe de minuit soit au programme, le lendemain je dois repartir pour Reims.

Déjà… Je ne savais pas quoi dire ni quoi faire. Lui avouer que j'aurais voulu ne pas le quitter ? Oser l'embrasser ce dont j'avais une envie folle ? Lui prendre la main qu'il laissait traîner sur la table près de nos bols fumants ?

C'est lui qui le fit. Nos doigts et nos regards se mêlèrent. Indéniablement, Il se passait quelque chose entre nous. C'est lui qui parla.

— Vous repartez à Bordeaux, je suis à Reims encore pour un bon moment… Quelle chance avons-nous de nous revoir ?

— Il est vrai que nous n'avons pas toutes les bonnes cartes… et dans quelques heures nous serons séparés ; la raison voudrait que nous nous disions au revoir dès maintenant… voire adieu… m'entendis-je dire, alors que je n'en pensais pas un traître mot. Par chance, il me répondit :

— Oui, si nous sommes raisonnables. Mais je ne le suis pas.

— Moi non plus.

— Je vous raccompagne et nous déciderons en chemin.

Mais on ne prononça pas un mot jusqu'au Porche aux Lions. Nous étions tristes et maladroits. Il me prit dans ses bras, me serra très fort… et tourna brusquement les talons et partit presque en courant. Je restai les bras ballants, décontenancée, sans pouvoir faire un geste.

Mounette me trouva en larmes. Je lui racontai.

— Tu connais son nom ?

— Juste son prénom.

— Au moins, il sait où tu habites, c'est un espoir qui nous reste…

Après le repas traditionnel avec Parrain où je n'avalai rien, nous nous mîmes en route pour la cathédrale.

Dès que nous y entrâmes, je le vis. Il était là, au pied d'une colonne. Je plantai Mounette et Parrain pour aller vers lui.

« Pardon pour être parti comme un voleur tout à l'heure. Je ne peux pas quitter Lille sans vous revoir », me dit simplement Philippe.

« Viens » lui dis-je en lui prenant la main et l'entraînant dehors. Il neigeait à nouveau, tout était blanc. Il m'enlaça et notre baiser eut un goût de flocons de neige. Il me donna un papier sur lequel il avait inscrit toutes ses coordonnées ainsi que le numéro de téléphone où je pourrais le joindre à Reims ; il avait prévu une autre feuille blanche pour que j'y note tout ce que je pourrais indiquer de moi qui lui permettrait de me joindre, et à Bordeaux, et à Lille. J'écrivis, le papier posé sur mon sac, dans un tourbillonnement de flocons qui me brouillait la vue.

Puis il partit sans se retourner après que nous nous soyons de nouveau embrassés. Je rentrai dans la cathédrale et retrouvai ma grand-mère et Parrain qui me lancèrent un regard à la fois inquiet et interrogateur et je les rassurai d'un sourire rayonnant en leur montrant la feuille de papier que je tenais bien serrée dans ma main. Mounette sourit et me fit un clin d'œil complice. Moi qui ne le faisais jamais, je priai de tout mon cœur au cours de cette messe de minuit.

Le lendemain, jour de Noël, se passa calmement mais une idée me trottait en tête : aller à Reims et le revoir. Absolument. Après tout, il n'y a que deux cents kilomètres. Mounette m'y encouragea : « Si c'est le véritable amour il ne faut pas le laisser passer, crois-moi, fonce ma chérie ! » me dit-elle en résumant parfaitement la situation.

Partie tôt le matin et après avoir pris deux trains car il n'y en avait aucun qui fut direct, j'arrive enfin à Reims. Immédiatement, je me dirige vers la cathédrale où j'entre d'un pas décidé. J'en fais le tour en le cherchant du regard sans rien voir des merveilles architecturales qui m'entourent. Il n'était pas là. Je vois cependant des restaurateurs d'art habillés de blanc comme j'en avais déjà vu à Lille et leur demande où se trouve… Philippe. Et ils le connaissent ! « Ah oui, Philippe ! Il est derrière les tentures en train de s'occuper d'un ange ! » me disent-ils en riant.

Je me dirige vers les tentures au fond de l'édifice et en soulève un pan. Il est là, accroupi devant une statue sur laquelle il travaille. J'approche et quand il me voit, il laisse tomber son outil et je suis vite dans ses bras.

C'est lui cette fois qui me dit « Viens ». Son bras autour de mes épaules, il m'emmène jusqu'à l'hôtel où il habite pendant les travaux de restauration. Une fois dans sa chambre c'est un tourbillon de passion. Je n'ai jamais éprouvé un tel désir pour un homme et jamais non plus un tel plaisir pendant l'amour. Il est attentif à moi et c'est si intense que je m'effondre en larmes, le visage dans son cou. Il me berce comme il l'aurait fait avec une enfant, c'est doux, tendre et passionné à la fois. Abandonnés dans les bras l'un de l'autre, ses mains continuent à courir sur mon corps comme pour l'apprendre par cœur.

La nuit est tombée lorsque nous nous réveillons étroitement enlacés.

J'ai faim. Lui aussi.

Il m'emmène dans un petit restaurant qu'il connaît et où il nous trouve un recoin où nous serons tranquilles, nous avons tant à nous dire ! On dévore le plat du jour sans savoir ce que nous mangeons, mais c'est délicieux. Enfin, nous pouvons parler. Nous nous écoutons l'un l'autre avec la plus grande attention et nous sommes intarissables.

Il a tout juste trente ans. Son père était militaire de carrière et, avec sa mère, son frère aîné et sa sœur, ils avaient beaucoup voyagé pour le suivre. C'est en Afrique qu'il se découvrit une passion pour l'archéologie en observant un groupe de recherches qui travaillait sur des fouilles non loin de l'endroit où sa famille habitait… Après les cours au lycée français, il passait des heures à les observer. Ses études d'archéologue furent longues et il était bardé de diplômes dont j'ignorais tout. Fonder une famille n'était pas dans ses priorités, son métier l'absorbait tout entier. Ses parents avaient pris leur retraite en Bretagne d'où ils étaient originaires et où il se rendait régulièrement pour les retrouver. Le reste du temps, il vivait là où les chantiers de fouilles ou de restauration le menaient.

Il fallait maintenant réfléchir à donner une chance de survie à ce qui semblait être le début d'une vraie histoire d'amour et trouver des solutions pour se retrouver régulièrement.

Moi à Bordeaux, lui à Reims, rien ne serait simple. Tout à coup, Philippe s'écria :

— TOURS ! Bien sûr, Tours ! C'est juste entre Reims et Bordeaux ! On s'y retrouvera deux fois par mois en attendant que nos vies soient plus stables ! Qu'en penses-tu ?

— Mais tu as raison ! Et entretemps, on s'écrira, on se téléphonera !

Il n'y eut dès lors plus heureux amants que nous. La nuit qui nous attendait pourrait prendre un goût d'avenir et nos corps se laissèrent aller avec une impression de toujours.

Le lendemain matin, je repris le train pour Lille et, sur le quai de la gare, il me prit dans ses bras.

« Je crois que je t'aime Agnès… »

« Je crois que je t'aime Philippe… »

Il me caressa le visage doucement en me regardant intensément comme pour graver mes traits dans sa mémoire. J'avais déjà les siens dans mon cœur.

Je regagnai Bordeaux deux jours plus tard. Une relation épistolaire et téléphonique pleine de charme commença. Nous nous retrouvions à Tours deux fois par mois et nous avions déniché un hôtel charmant pour nous abriter. Notre amour grandissait au fil de nos retrouvailles et notre séparation était un peu plus difficile chaque fois.

Mon amour pour Philippe me préservait des tentations de sorties avec les autres étudiants ; tout mon temps était consacré à mes études.

Les seules distractions que je m'autorisais étaient des séances au cinéma d'art et d'essai avec une camarade de classe. J'obtins enfin mon diplôme – brillamment je dois dire – et rentrai vite à Lille pour le fêter avec Mounette et Philippe. Ces deux-là s'entendaient comme larrons en foire !

Il ne me restait plus qu'à attendre une nomination dans un tribunal quelque part en France. Ce fut Amiens où, en raison de mon rang au concours et du poste disponible je pouvais rapidement intégrer le Tribunal de Grande Instance comme Juge aux affaires de familles.

Philippe, se considérant comme nomade professionnel, trouvait que peu importait l'endroit où nous habiterions et donc pourquoi pas Amiens qui n'était qu'à deux heures de route de Lille. Notre premier gros achat serait une voiture pour plus de mobilité. Mon cher Porche aux Lions et ma chère Mounette n'en auraient pas fini de nos visites !

J'avais encore quelques semaines de liberté avant de commencer une autre vie, ma vie professionnelle et ma vie de femme avec Philippe. Nous épluchions toutes les annonces de location à Amiens. Un appartement près de la cathédrale qui semble parfait pour nous – et peut-être pour un enfant qui viendrait sans doute un jour – entraîne une prise de rendez-vous avec l'agence de location dès le lendemain.

L'appartement est idéal, immeuble ancien bien entretenu, troisième étage sans ascenseur, deux grandes chambres, un bureau, une cuisine joliment aménagée, des poutres, des pierres apparentes, du parquet massif, une belle luminosité et… la vue sur la magnifique cathédrale d'Amiens. Depuis Reims, nous sommes très attachés aux cathédrales !

C'est sans hésiter que nous signons le bail. Il ne nous reste plus qu'à le meubler et cela nous occupa des jours et des jours dans le plus grand déploiement d'imagination et de fous rires. Pas toujours d'accord sur les choix à faire, les compromis furent intéressants et les résultats… inattendus mais satisfaisants. L'appartement nous ressemblait et nous pourrions bientôt emménager.

Mais quelque temps après, Philippe eut l'opportunité de rejoindre une équipe qui travaillait sur un site archéologique au Soudan, celui qu'il espérait tant.

Je connaissais la passion qu'il avait pour ce genre de fouilles et malgré ce que cela impliquait, je l'encourageai à partir. Il était déchiré à l'idée de me laisser mais finit par accepter ; je l'avais rassuré en lui promettant de le rejoindre à chaque fois que ce serait possible. Les distances n'existent plus à notre époque !

En l'attendant, j'avais mon travail très prenant au tribunal, mon piano, mes livres, Mounette et Parrain à suivre de près, je ne m'ennuierais pas.

Après quelques semaines et contre toute attente, je me découvris enceinte. L'annoncer à Philippe ? Il abandonnerait certainement les fouilles pour me rejoindre… Le lui taire ? Était-ce même envisageable ? Je n'en parlai pas à Mounette car je voulais prendre seule ma décision de le dire ou pas encore au futur père. Une nuit sans sommeil me convainquit que je devais lui annoncer cette merveilleuse nouvelle sans tarder, fouilles ou pas fouilles, le choix lui appartiendrait.

Sa réaction fut celle que j'attendais, une explosion de joie qui m'assourdit l'oreille sur laquelle le récepteur du téléphone était appuyé !

« Un enfant ! Un enfant de nous ! C'est trop beau, ma chérie ! Le temps que l'on me trouve un successeur et je rentre ! Je veux être près de toi, je trouverai bien des restaurations à faire quelque part pas trop loin de chez nous, les cathédrales ne manquent pas en France ! »

Deux mois après, il était de retour. Mon ventre s'était déjà arrondi. Nous allions devenir parents.

Mounette exultait : elle serait bientôt arrière-grand-mère, après tout elle n'avait que quatre-vingts ans !

Philippe fut rapidement attaché à la restauration d'une cathédrale qu'il ne fut pas nécessaire d'aller chercher bien loin, car c'est à celle d'Amiens qu'on lui demanda de diriger certains travaux délicats. Pour la suite, il avait en tête des fouilles en France même dont il ne voulait pas encore parler de peur de me décevoir. Pour l'heure, il voulait se consacrer à ma grossesse et à l'arrivée de notre enfant.

***

Notre petite Pauline faillit naître au Tribunal d'Amiens. J'avais voulu travailler le plus longtemps possible avant l'accouchement et j'y perdis soudain les eaux ; Philippe eut juste le temps de venir me chercher pour m'emmener à la maternité où notre fille vit le jour quelques heures plus tard. C'est son père qui l'accueillit et la plaça sur mon ventre, la vue brouillée par les larmes. Une nouvelle vie allait commencer à trois et rien ne comptait d'autre pour le moment. Nous étions les parents les plus heureux du monde et nous formions désormais une famille sur laquelle veiller précieusement.

Des années passèrent, heureuses, très heureuses. Nous aurions voulu un deuxième enfant qui ne vint pas, mais Pauline avec son tempérament de feu nous comblait. En grandissant, elle exprima très vite son désir d'accompagner son père sur le chantier des travaux de la cathédrale ; elle était passionnée et il n'était pas difficile de savoir ce qu'elle voudrait faire dans la vie. Son père lui avait offert un marteau et un burin pour apprendre à tailler la pierre et elle se débrouillait fort bien. Elle jubilait de faire comme son père.

Plusieurs fois, nous allâmes au Soudan pour des vacances et visiter des sites archéologiques encore à l'état de fouilles ; j'avoue que cela m'intéressait beaucoup aussi. La vocation de Pauline se confirmait et dès qu'elle en eut l'âge, elle y revint à chaque période de vacances pour travailler avec des équipes d'archéologues choisies par son père.

La dernière visite que j'avais faite à ma grand-mère m'avait rendue soucieuse. En peu de temps, je la trouvai changée, très fatiguée ; visiblement, sa santé déclinait. Quelque chose dans son regard avait changé aussi, ses yeux étaient moins vifs et même moins bleus.

Dans le courant de l'après-midi, après sa sieste, bien calée dans les coussins de son fauteuil préféré, emmitouflée d'un plaid, ses lunettes au bout du nez, son chignon un peu défait, elle m'avait lu un poème japonais d'une voix affaiblie.

« Mes yeux

— Qui ont tout épuisé.

— Fatigués de la recherche.

— Reviennent au chrysanthème blanc. »

— Que c'est joli ! Qui l'a écrit ? lui avais-je demandé.

— Kosugi Issho, un poète japonais du 17e siècle, m'avait-elle répondu avec ce doux sourire que j'aimais. C'est tellement ce que je ressens… Les poètes japonais savent dire l'essentiel en si peu de mots…

Dans son cahier, juste après le haïku, elle avait écrit un paragraphe qu'elle ne m'avait pas lu et que je ne pus m'empêcher de parcourir.

« Coulent les jours, glissent les saisons, mon regard plane sur le temps… À présent que ma vie est accomplie, je voudrais qu'elle ne fût plus que bulles de savon s'irisant aux couleurs tu temps… celui qui passe, celui qui est passé, celui qui passera encore. Sorti de ses tourments et de ses passions, de ses chagrins, mon cœur est léger, léger, si léger ! D'ailleurs, regardez-le, ce gros bêta, le voilà qui s'envole, le voilà qui prend le large, le voilà qui respire à pleins poumons ! Le voilà qui apprend à goûter l'apaisement, qui prend le temps de s'arrêter sur l'ineffable pour trouver tranquillement la joie d'un mot, celui que l'on cueille sur une vieille porte cloutée, sur une affiche colorée, sans que rien ne soit plus important que de le noter… »

Mon cœur se serra. Je ressentais ce que je venais de lire comme une résignation apaisée, sereine, une fin tranquille, une vie accomplie. Au Japon, le chrysanthème et le blanc sont les symboles de la beauté et de la mort. Pour la première fois, j'eus la conscience aiguë de sa disparition inéluctable.

Ce cahier que j'avais en main était épais et ses écrits récents en occupaient les dernières pages. Ainsi donc, elle tenait un journal. Ma grand-mère tenait un journal et ne m'en avait jamais parlé. Depuis quand ?

J'étais extrêmement troublée. Comme si je la découvrais. Je ne lui fis pas part de mon trouble et nous passâmes la fin de la journée à parler, surtout de mon travail auquel elle s'intéressait beaucoup ; je sentais cependant qu'elle avait quelque chose à me dire mais elle ne le fit pas. Je fis un saut chez Parrain que je trouvai soucieux et inquiet.

Le lendemain, je rencontrai son médecin traitant qui la suivait depuis des années et que je connaissais bien. « Qu'a-t-elle ? » lui avais-je demandé.

« Quatre-vingt-quinze ans… et le cœur fatigué… » m'avait-il simplement répondu.

Quelques semaines plus tard, c'est en plein après-midi que je reçus son appel téléphonique. Il l'avait fait transporter à l'hôpital dans l'après-midi et me dit sans détour « Si tu veux encore revoir ta grand-mère, il serait bien que tu viennes rapidement ». Je m'étais mise en route aussitôt, plantant-là, en pleine réunion d'une grande importance, mes collègues stupéfaits par une attitude à laquelle je ne les avais pas habitués. Je prévins Pauline et Philippe quand j'étais déjà en route.

Dans la chambre qu'on m'indiqua, ma grand-mère semblait dormir mais sa respiration était difficile, elle était sous oxygène. Assis auprès d'elle, Parrain était déjà là. Il se leva pour m'embrasser et me serrer dans ses bras.

Je me penchai vers elle pour lui dire : « Je suis là Mounette, serre-moi la main pour que je sache si tu m'entends ». Il me sembla sentir une légère pression mais rien ne se passait sur son visage que je scrutais.

Je parlai au médecin de l'hôpital qui venait d'entrer dans la chambre et les informations qu'il me donna étaient plutôt pessimistes, malgré les soins son cœur malade ne résisterait plus longtemps ; elle avait perdu conscience en début d'après-midi.

Je revins m'asseoir près de Parrain. Il leva les yeux sur moi, ils étaient d'une tristesse infinie, mais il ne dit rien. Nous restâmes silencieux, à son chevet, chacun d'un côté du lit, perdus dans nos pensées qui sans nul doute tournaient autour de celle qui était en train de mourir. Alors que je m'étais à nouveau penchée sur elle, elle ouvrit soudain les yeux, me vit, me sourit. Elle tenta de parler mais la mort l'emporta au même moment, son sourire sur les lèvres.

Le médecin ne put que constater le décès.

Parrain vint près de moi pour entourer mes épaules de son bras. Le visage de celle que nous pleurions était paisible, avec ce sourire indéfinissable que la mort avait figé. Nous nous embrassâmes, rapidement tirés de notre étreinte par deux brancardiers qui entraient avec une civière dans la chambre.

Ce qu'on nous annonça alors nous suffoqua d'indignation : on ne pourrait pas garder le corps à l'hôpital jusqu'aux obsèques, il devait être ramené à son domicile en ambulance. En pleine nuit ? Oui, en pleine nuit, et j'étais priée de les devancer pour préparer le lit mortuaire. C'était aussi hallucinant que surréaliste. Je demandai à parler au médecin de garde mais aucune discussion ne semblait possible, c'était le règlement hospitalier. Je dus donc m'exécuter.

Je repris ma voiture, emmenant Parrain pour le déposer chez lui car il me semblait bien fatigué et je gagnai le Porche aux Lions. Je fouillai mon sac puis la boîte à gants pour arriver au constat que, partie trop vite d'Amiens, j'avais oublié les clés. Par chance, elle vivait avec une demoiselle de compagnie qu'il ne me restait plus qu'à réveiller pour lui faire ouvrir la porte. Je sonnai d'abord et à plusieurs reprises sans résultat. Je tambourinai sur les montants de la porte, l'appelai, agitai son heurtoir aussi fort que je pouvais. Cela dura un quart d'heure jusqu'à ce qu'enfin elle descendit ; elle prenait du gardénal pour dormir m'avoua-t-elle.

Je n'eus pas le temps de lui expliquer ce qui se passait car l'ambulance arrivait au même moment. En tenue de nuit, chaussettes et châle tricoté main sur les épaules, elle assista, l'air complètement éberlué, à la sortie du corps de ma grand-mère de l'ambulance. Elle se signa et s'enfuit dans la cuisine.

Les deux brancardiers étaient à présent devant la porte après avoir gravi le perron. Je leur indiquai la chambre où déposer ma grand-mère.

C'est alors que l'impensable se produisit : dans ce couloir étroit, il fut impossible aux brancardiers de trouver un angle favorable au franchissement de la porte de la chambre et, après quelques manœuvres infructueuses, l'impensable arriva et la civière bascula, Ma grand-mère se retrouva à terre.

Je me précipitai pour me joindre à eux et c'est à trois que nous ramassâmes ma pauvre grand-mère pour la porter jusqu'à son lit. Cette scène burlesque en un pareil moment provoqua chez moi un fou rire que je tentai de réprimer de mes deux mains posées en bâillon sous le regard incrédule des deux brancardiers qui, penauds, prirent congé.

Inquiète, « Mademoiselle » sortit de la cuisine et, devant son regard réprobateur, je lui expliquai qu'en fait mon fou rire était nerveux et cachait mes larmes, mais son regard resta chargé d'un soupçon indéfinissable.

En gémissant que tout ça avait été trop vite, elle finit par m'aider à la revêtir, selon les instructions qu'elle avait laissées, d'une simple chemise de nuit en percale blanche et à l'envelopper ensuite dans un drap en lin brodé au monogramme de la famille ; le tout avait été mis de côté dans un endroit qu'elle m'avait indiqué depuis longtemps : la grosse armoire en chêne de son ancienne chambre à l'étage. Je les y avais trouvés dans une boîte en carton blanc, soigneusement pliés, ainsi qu'un mouchoir bordé de dentelle destiné à recouvrir son visage : elle ne voulait pas qu'on la vît avec le masque de la mort. Elle tenait au linceul, rien ne lui semblait plus ridicule que d'habiller un mort en « civil ». Pendant que nous œuvrions, Mademoiselle chougnait et reniflait, se mouchait et s'essuyait les yeux dans le même geste. Moi je serrais les dents face à l'épreuve d'avoir à habiller le corps sans vie de ma grand-mère. Par moment, il me semblait qu'elle respirait encore. « C'est ses poumons qui se vident, ça avait fait la même chose pour ma mère » déclara Mademoiselle d'un air entendu.

Je coiffai délicatement ses beaux cheveux mais ne plaçai pas le mouchoir sur son visage, elle était encore si belle. Je le réserverai aux visiteurs qui viendraient la saluer une dernière fois. La demoiselle de compagnie remonta dans sa chambre pour finir la nuit et je pus enfin me laisser à pleurer tout mon saoul.

C'est « Mademoiselle », au petit matin, qui me sortit du sommeil dans lequel j'avais fini par sombrer dans un fauteuil tiré près du lit mortuaire ; elle était habillée, chapeautée, sa valise à la main. Elle me demanda le solde de ses gages me montrant un carnet qui lui servait de fiches de salaires. Je lui réglai la somme réclamée. Bien que doutant de son efficacité nocturne en raison du gardénal, je la remerciai d'avoir si bien veillé sur ma grand-mère ces derniers mois ; elle me répondit qu'elle la regretterait car « c'était une bonne personne ».

La journée se passa en formalités de déclaration de décès à la mairie, de visites aux Pompes Funèbres, l'annonce mortuaire dans la presse locale, chez le curé pour la messe d'enterrement car malgré ses doutes sur l'Existence de Dieu, elle voulait être enterrée selon les rites chrétiens.

Je passai aussi chez Parrain pour lui faire le compte-rendu de ma journée. Il était fatigué après une nouvelle nuit sans sommeil et je lui annonçai que j'allais informer Louise, ma sœur, du décès de celle qui était aussi sa grand-mère. Devant son regard interrogateur et inquiet, je le rassurai : « Vous savez bien que je le dois, mais ne vous inquiétez pas, je saurai faire face ».

J'appelais Philippe régulièrement pour puiser quelques forces dans son amour et, perdue comme je l'étais, entendre les mots qu'il saurait si bien choisir.

Selon les instructions que Mounette m'avait données depuis longtemps, je pris contact avec le notaire. Me P… que je connaissais bien, m'invita à passer à son étude où il m'annonça que ma grand-mère m'avait faite, par testament, seule héritière de tous ses biens, du Porche aux Lions et de tout ce qu'il contenait.

Je sursautai et même paniquai : comment réagirait ma sœur ? J'envisageai même de renoncer à ce testament mais le notaire m'en dissuada : « c'est la volonté de ta grand-mère, tu dois la respecter ; de plus, la maison serait en indivision avec ta sœur et tu devrais probablement la vendre pour lui en donner la moitié de sa valeur ! » Vendre le Porche aux Lions, mon Porche aux Lions ? Impossible !

Ma sœur me posait un vrai problème. Nous ne nous étions jamais entendues. Elle me vouait une jalousie féroce – j'en ignore encore aujourd'hui la raison – et, déjà toute petite, elle me mordait jusqu'au sang à la moindre occasion et ses petites dents pointues marquaient la chair de mes bras d'auréoles bleues. Un jour, ma mère, l'ayant surprise, l'attrapa par le bras et la mordit fortement. Ce fut efficace et mon martyre prit fin mais sa jalousie s'exerça d'une autre manière. Je l'ai toujours crainte.

Je l'appelai néanmoins pour l'informer du décès de notre grand-mère paternelle.

« Quel âge elle avait déjà ? Quatre-vingt-quinze ? Bel âge pour mourir », furent les mots qu'elle prononça à mon annonce. « J'arriverai demain soir ». Cela m'étonna, pourquoi cette promptitude soudaine ?

Louise arriva effectivement en début de soirée le lendemain. À peine entrée, après m'avoir embrassée, elle me dit compatir à ce que devait être mon chagrin. Les hostilités n'étaient pas déclarées et je respirai mieux. Je lui offre un rafraîchissement et l'emmène dans la chambre où repose notre grand-mère ; j'enlève le mouchoir de dentelle de son visage. Elle dit simplement « Elle est restée belle mais pourquoi ce mouchoir ? » Je lui en donne succinctement la raison, elle hausse les épaules en murmurant « Curieuse dernière coquetterie ! » Je fais mine de ne pas avoir entendu.

J'avais préparé un en-cas pour le repas du soir et nous mangeons face à face dans la cuisine en échangeant des banalités sur nos vies d'un ton neutre. Mais son naturel reprend le dessus et elle attaque. Les questions tombent en rafale.

« Sait-on déjà quand on l'enterre ? Sais-tu qui prévenir pour ses obsèques ? Faut-il mettre une annonce dans la presse locale ? Le mieux serait de l'enterrer l'après-midi, il n'y aurait qu'une collation à prévoir, ce serait plus économique ; a-t-elle laissé de l'argent pour l'enterrement ? Je ne voudrais pas en être de ma poche… À propos, a-t-elle fait un testament ? »

Nous voilà déjà dans le vif du sujet et je commence à paniquer. Il m'est impossible de lui parler du testament. Une légère sueur couvre mon front.

Je me contente de répondre que je ne connaîtrai que demain le jour où on l'enterrera, cela dépendra du curé, et je lui dis qu'il y a un testament chez le notaire.

Il est déjà tard et je lui montre la chambre que je lui ai préparée puis je retrouve la mienne, celle que j'ai occupée si longtemps, le refuge où il me semble que rien ne peut m'atteindre. Pas même ma sœur.

Le lendemain matin, elle est déjà levée quand je descends. Et très affairée. Elle sort de la salle à manger et me dit : « j'ai déjà commencé à regarder dans les armoires pour le partage de la vaisselle et du linge. Cette maison sera probablement vendue et il faut trier tout ce que nous voulons garder, tu ne crois pas ? »

Je n'ose toujours pas lui dire que j'en suis la seule héritière et que je ne veux pas m'en défaire. Lâchement, je compte sur le notaire pour le lui annoncer. En attendant, je joue son jeu. Après tout, je veux bien faire semblant de trier avec elle pour qu'elle prenne ce qui l'intéresse, ce sera une manière de partager. Et nous faisons des tas. Des tas de tas.

« Les tas c'est moi », tentai-je pour détendre l'atmosphère. Pas de réaction. Il est vrai que l'heure n'est pas à la plaisanterie et qu'elle n'a aucun sens de l'humour.

Chaque meuble de la grande maison est examiné et les papiers trouvés rassemblés sur la grande table de la salle à manger.

Je ne participe que mollement à cette fouille en règle et, par chance, c'est moi qui trouve, dans l'armoire d'une des chambres de l'étage, celle où était rangée sa tenue funéraire et où personne ne va jamais, un double fond que révèle une latte dessertie. Voulant la replacer, tout le plancher se soulève et des tas de lettres m'apparaissent, rassemblées en paquets entourés de rubans aux couleurs fanées, des vieilles photos jaunies ainsi que de nombreux cahiers épais qui ressemblent à des journaux intimes. Malgré ma curiosité piquée au vif, je n'explore pas davantage car, d'instinct, il me semble préférable de cacher cette découverte à ma sœur. Je remets tout en place, aplatis la latte pour qu'on ne la remarque plus. Il était temps, la voilà qui m'appelle. En bas, la curée continue.

Entre deux fouilles menées tambour battant par ma sœur, je passe dans la chambre où repose ma grand-mère pour lui dire tout ce que j'ai sur le cœur. Comme du temps où elle était vivante. J'enlève le mouchoir de son visage, j'ai besoin de la voir. La mort n'a pas déformé ses traits et son petit sourire est toujours sur ses lèvres. Elle se moque bien de ce qui se passe, la mort la préserve des derniers chagrins. Mais moi je suis bien vivante et seule pour faire face à une situation qui me semble inextricable.

Je dois retourner chez le curé pour savoir quand elle pourra être enterrée. Ce ne sera pas avant trois jours, il faut revoir les Pompes funèbres. « Dans ce cas, il faut préparer le corps à cause de la chaleur, nous viendrons cet après-midi », m'annonce-t-on. Je me demande en quoi cette « préparation » consiste mais je ne pose pas de question craignant sans doute d'apprendre des choses que je ne veux pas savoir.

En début d'après-midi quand deux hommes arrivent et me demandent un seau et des serviettes, je n'ose pas davantage leur demander l'usage qu'ils vont en faire. Ils me prient d'ailleurs de quitter la chambre où ils s'affairent un long moment qui me semble des heures. Ils sortent enfin et me disent que je peux à nouveau la voir.

Une odeur bizarre que je ne parviens pas à identifier imprègne l'atmosphère de la chambre. Mais le pire, c'est ma grand-mère que je reconnais à peine. Elle ne sourit plus et sa bouche est ouverte. Je crie de déconvenue et leur demande pourquoi. Laconiques, ils se contentent de répéter qu'ils ont fait « le nécessaire » pour garder le corps jusqu'à l'enterrement.

Je me mets à pleurer à gros sanglots. Ma sœur arrive aussitôt. Après un regard sur le cadavre et sans me demander la raison de mes pleurs, elle décrète qu'il faut lui mettre quelque chose autour de la tête pour fermer la bouche. « Toi qui connais bien la maison, tu ne sais pas où je pourrais trouver un ruban ? »

Un ruban ? Comme pour un œuf de Pâques ? Mais elle a son mouchoir, respectons-la ! Peine perdue, elle revient bientôt avec un foulard dont elle entoure la tête de Mounette en le fermant par un nœud au sommet du crâne. C'est ridicule mais efficace, sa bouche est fermée. Je lui remets quand même le mouchoir sur le visage. Ma sœur l'enlève peu après. Je le remets. Elle l'enlève de nouveau. C'est devenu un jeu ridicule et c'est moi qui cède. Il me faut encore tenir trois longs jours sans oublier la visite chez le notaire.

J'éprouve le besoin de me rendre au cimetière, là où elle sera enterrée et où reposent déjà mon père et ma mère ainsi que plusieurs membres de ma famille paternelle. C'est une haute pierre de granit, dominée par un lourd crucifix en bronze datant de plus d'un siècle. Il y reste une place, celle de ma grand-mère. Ses parents, ses frères, ses sœurs l'avaient précédée. Les dates de naissance gravées dans la pierre remontent au XIXe siècle et j'ai du mal à déchiffrer certains noms partiellement effacés par l'érosion. De sa lignée, mon père a été le dernier à y avoir été enterré. Je promène ma main sur la pierre, comme pour une caresse et je me surprends à lui annoncer à haute voix l'arrivée prochaine de sa mère et à lui dire le chagrin que me fait leur disparition. Des souvenirs me submergent et je me laisse aller à pleurer dans ce cimetière désert.

Quand je rentre, j'ai un coup au cœur car je trouve ma sœur en train de lire des lettres sorties d'une grande boîte en carton… Je suis soulagée de constater que ce ne sont pas celles auxquelles je pense, mais la correspondance que j'envoyais à Mounette quand j'étais loin d'elle ainsi que ses réponses dont chaque page était, pour moi, un morceau d'anthologie.

« Mais tu n'as pas le droit ! » lui lançai-je. « Ah bon ? Tu voulais les faire relier peut-être ? » me réplique-t-elle avec un aplomb qui me glace et qui ne provoque de ma part qu'un petit « Nnnon » timide et bafouillant, mais non moins lâche. « Je peux donc les jeter, ça fera de la paperasse en moins », conclut-elle en les balançant dans un grand sac poubelle. Je le récupérerai ce soir. Encore deux jours à tenir.

J'appelle Philippe. Besoin de lui. D'entendre sa voix. Avec Pauline, il viendra me rejoindre demain.

La curée continue. Elle s'attaque maintenant à la vaisselle dont elle fait de nouveaux tas, aux bibelots, vases, pendules, statuettes en porcelaine biscuit. « On devrait faire venir un antiquaire pour les meubles, suggère-t-elle, ils ont certainement de la valeur mais je suppose que pas plus que moi tu n'as envie d'avoir ces horreurs chez toi ! » Je n'ose pas lui dire que moi je les aime et veux les garder.

Mon sang se glace quand elle annonce « le piano, on le vendra, il doit valoir un bon paquet, un demi-queue, tu penses ! »

Puis c'est le tour du linge. Les beaux draps en toile de lin, brodés de magnifiques monogrammes, certes difficiles à entretenir, sont mis de côté, en tas, près des autres… que veut-elle en faire ? Je ne pose toujours pas de question mais les lèvres me brûlent. Je pense avec satisfaction à la boîte que j'ai dérobée à sa vue, celle-là elle ne l'aura pas. Maigre consolation mais consolation quand même.

Elle a lourdement chargé sa voiture break de tout ce qu'elle a pu y mettre ; vaisselle, bibelots, linge, petits meubles, tapis.

Le jour de l'enterrement arrive. Il sera suivi du rendez-vous chez le notaire. Philippe et Pauline étaient arrivés pour assister à la mise en bière.

Je ne pus retenir mes larmes. Ma sœur était de marbre. Il est vrai qu'elle n'avait pas souvent rencontré notre grand-mère et n'éprouvait donc rien pour elle. À ce moment précis, j'eus un sérieux doute sur les liens du sang.

Il y eut beaucoup de monde à l'église, des personnes inconnues de moi pour la plupart, mais aussi des voisins que je reconnaissais, de vagues cousins et cousines rencontrés régulièrement au gré des mariages, des baptêmes, des communions, des enterrements où on promettait de se revoir bientôt sachant déjà qu'il n'en serait rien.

Parrain était resté dans le fond de l'église, je ne le vis plus après la cérémonie.

Après le cimetière, nous invitons tous ceux qui nous ont accompagnées à prendre un rafraîchissement dans un café proche où une table garnie de brioches et petits fours avait été dressée par nos soins. Un enterrement l'après-midi est beaucoup plus économique que tout un repas au restaurant, ma sœur avait raison. Ma fille et son père repartent pour Amiens, Pauline ne veut pas manquer trop de cours et Philippe ne s'estime pas le droit d'assister à la visite chez le notaire.

L'heure du rendez-vous arrive. Je tremble intérieurement. Il nous reçoit dans un sombre bureau, nous présente ses condoléances, s'assied, prend la lettre qui était posée devant lui. Elle est brève.

À l'annonce de la volonté de la défunte de me faire seule héritière du Porche aux Lions, ma sœur sursaute, me lance un regard assassin. Je prononce alors cette phrase à l'adresse du notaire : « puis-je refuser ce testament ? » vite interrompue par ma sœur qui déclare « ne pas vouloir de ma charité ». Elle sort sans saluer le notaire à peine surpris. Je la rejoins un peu plus tard à la maison, tremblante à l'idée du face-à-face qui m'attend, mais elle a déjà fait sa valise qu'elle jette rageusement dans la voiture remplie à ras bord en me disant d'un ton sarcastique et en montrant du menton sa voiture « Je suppose que je dois te rendre tout ça ? » Je ne réponds pas à cette provocation, j'aurais voulu lui dire que je regrettais, que je la comprenais, lui proposer une solution de partage, mais elle ne me laisse aucune chance et démarre en trombe en faisant grincer les vitesses et patiner les roues.

Je me retrouve enfin seule dans la grande maison vide, le cœur à l'envers et la gorge nouée. Après avoir rangé tout ce qui avait été sorti des armoires, sans pouvoir avaler un morceau, je me prépare à passer la nuit dans ma chambre de jeunesse quand je repense à l'armoire à double fond.

Je vais y prélever quelques paquets de lettres ainsi qu'un des cahiers sans oublier les photographies et je reviens dans ma chambre. Calée par plusieurs oreillers, je m'attarde d'abord sur les photos étalées devant moi. De très vieilles photos devenues couleur sépia. Les visages n'évoquent rien en moi, à part peut-être cette jeune fille en robe demi-longue aux manches gigot, une ceinture de taffetas nouée sur les hanches, le cou enserré dans un haut col fermé par un lien en dentelle, le corsage aplatissant sa poitrine ; de hautes bottines lacées complètent sa tenue. Ses traits me disent que c'était ma grand-mère. Jolie jeune fille aux cheveux clairs, tirés vers l'arrière, beau visage aux traits réguliers. Elle est entourée de deux jeunes garçons et d'une autre fille, plus petite. Ses frères et sœur sans doute que j'ai un peu connus.

Une photo retient particulièrement mon attention. Celle d'un homme jeune et beau ; ses traits me sont inconnus. Son regard sombre et intense porte au loin, interrogateur et profond. Ses yeux brillent d'un feu intérieur. Un homme que j'aurais voulu connaître. Qui est-il ? Une phrase lue chez Roland Barthes me revient en mémoire : « la photo de l'être disparu vient me toucher comme les rayons différés d'une étoile ». C'est exactement ce que je ressens à la vue de toutes ces photos, témoins pour la postérité, le temps est suspendu, passé, présent, futur ne font plus qu'un.

Bien que troublée par ces photographies, je prends un des paquets de lettres retenues par un ruban jauni, en prélève une et commence, fortement émue, à lire celle que je sors soigneusement de son enveloppe. Elle date de 1916. Depuis plus de soixante ans, elle dort au fond de cette armoire avec toutes les autres lettres que j'estime à plus d'une centaine, soigneusement classées par ordre chronologique. Avec l'impression de commettre une énorme indiscrétion, je lis.

L'écriture est élégante et régulière. La lettre commence par « Ma chère Amélie » mais malgré cet en-tête des plus convenus son contenu ne laisse aucun doute sur la nature des sentiments de son auteur. Ce qui m'étonne c'est que cette lettre ne porte aucune signature, pas plus que les suivantes.

Les sentiments qu'elles expriment sont sans équivoque, ce sont là des lettres d'un amoureux fervent dont l'amour semble être partagé par leur destinataire. Je tiens probablement dans les mains les lettres de celui qui devint son mari, le grand-père que je n'avais pas connu et dont je ne savais pas grand-chose à part qu'il était mort pendant la Première Guerre mondiale.

Les mots d'amour sont les mêmes qu'aujourd'hui, ils me touchent par leur sincérité et leur profondeur et je me sens heureuse que mon père soit né de cet amour-là.

Philippe m'appela juste au moment où j'éteignais ma lampe. Sa voix chaude me berça et je dormis mieux. Avant de quitter Lille, je fis un saut chez Parrain pour lui dire au revoir en lui promettant de revenir bientôt. Je ne lui parle pas des lettres que j'ai découvertes, qu'y comprendrait-il ? Je les emporte avec moi, ainsi que les journaux intimes et les photos. Je me sens le devoir de les protéger.

De retour à Amiens, je repris mon travail au Tribunal où de lourds dossiers m'attendaient et il était hors question de m'en laisser distraire par l'histoire d'amour de ma feue grand-mère. Philippe remplissait des dossiers sans fin pour une candidature sur un chantier de fouilles en France dont il m'avait déjà plusieurs fois parlé et Pauline était centrée sur ses études, ce qui me permettait de consacrer mes soirées à la lecture des cahiers intimes de ma grand-mère en espérant reconstituer une partie de sa vie dont elle ne m'avait jamais parlé, cela me paraissait moins indiscret que de me jeter sur les lettres. L'idée qui m'avait effleurée à la fin de sa vie se révélait exacte : ma grand-mère tenait bien un journal et depuis très longtemps probablement. Qu'allais-je y découvrir que je ne connaissais déjà ?

L'encre du premier cahier que je pris au hasard avait pâli mais était encore parfaitement lisible. L'écriture était tout en pleins et en déliés, celle d'une élève appliquée. La première page indique qu'elle l'écrit au mois de janvier 1910, alors qu'elle a dix-sept ans. Je découvre avec émotion qu'elle appelle son Journal « Lisbeth » comme une amie très chère à laquelle elle se confie. Les premiers mots me charment autant qu'ils m'émeuvent.

*3 janvier 1910*

*Lisbeth, ma Lisbeth, je suis folle de joie, mes parents sont invités au bal de la Préfecture et ils m'y emmèneront, ils me l'ont promis ! Je n'aurai jamais assez des deux mois qui restent avant le grand jour pour choisir ma robe et la faire confectionner par notre couturière ! Je me suis procuré le « Petit écho de la mode », « La mode illustrée » et « Les parisiennes » pour avoir des idées de modèles !*

*Je suis tentée par la robe sac nouvellement créée par Paul Poiret, tu sais, celui qui, avec Herminie Cadolle, a libéré les femmes du corset en le remplaçant par une gorgerette ! Et tu dois bien te demander ce que c'est qu'une gorgerette ? Eh bien ma petite Lisbeth, c'est tout simplement le corset coupé en deux sous la poitrine, quel confort ! Mais ma mère n'acceptera jamais que je porte cette robe, elle est trop moderne. Pourtant je suis sûre qu'elle m'irait bien, moi qui n'ai que de tout petits seins qui pourraient même se passer de gorgerette. Je la vois vert céladon qui irait très bien avec mes cheveux blond vénitien (tendance rouquine me taquine mon père). Pour tenter d'amadouer ma mère, je lui ai demandé comment était la robe de son premier bal. Bien joué, elle devint intarissable ! Mais en l'écoutant, je frémissais à l'idée de ce qu'une femme devait porter sous sa robe pour avoir la ligne S exigée par la mode ! Pourquoi S ? Je t'explique : le corset, lacé à l'excès pour rendre la taille plus fine que nature, poussait la poitrine vers l'avant, les hanches et les fesses vers l'arrière, de manière très très accentuée.*

*Sais-tu que déjà Jean-Jacques Rousseau condamnait « l'usage de ces corps de baleine qui coupent la femme en deux, comme une guêpe » ? Sais-tu que même la médecine s'est élevée contre le port de ces corsets en raison des anomalies résultant de son usage : côtes flottantes déformées, foie et estomac déplacés et comprimés, intestins comprimés aussi, organes génitaux déviés et descendus, d'où des pâmoisons, des problèmes respiratoires et digestifs ! Et elle voudrait m'en faire porter ? JAMAIS, tu m'entends, JAMAIS, je réclame aussi la liberté pour mon corps !*

*Ceci dit, j'en reviens à ce que je te racontais à propos de la robe de bal de ma mère, tiens-toi bien. D'abord, elle enfilait une longue chemise en coton par-dessus laquelle elle mettait ce fameux corset ; ensuite venaient un cache-corset brodé, une culotte longue fendue ornée de dentelles, une tournure pour faire gonfler la jupe, ensuite un jupon en madapolam et enfin la robe. Imagine ce supplice ! Elle me parle aussi de vertugadin qu'heureusement on ne porte plus de nos jours et qui était une armature destinée à faire bouffer la jupe autour des hanches... Alors ma Lisbeth tu imagines ce qu'elle peut penser de la gorgerette et de la robe sac ! Probablement des inventions du diable !*

*Je n'ai pas dit mon dernier mot et si ce n'était pas indécent, j'en parlerais à mon père qui lui me comprendrait. Je veux cette robe et je l'aurai. Foi d'Amélie.*

*Tu sais ce bal j'y tiens, c'est au bal qu'on rencontre des garçons !*

*Moi je veux me marier par amour, avec un homme jeune et beau qui m'emmènera faire de la bicyclette et qui acceptera que je porte des bloomers comme toutes les femmes modernes, qui m'emmènera en avion, qui m'emmènera au théâtre voir Mademoiselle Sarah Bernhard, qui m'emmènera danser dans les grands salons de la capitale et dîner à la Tour d'Argent !*

*J'en ai assez de cette oisiveté où sont cantonnées les jeunes filles de bonne famille de peur qu'il leur arrive « quelque chose » ! « Quelque chose comme quoi par exemple ? » leur ai-je un jour demandé avec impertinence. On ne répond pas à ma question évidemment, on fait même semblant de ne pas l'avoir entendue, mais je sais bien à quoi ils pensent avec ce « quelque chose » que l'on doit si bien préserver, je ne suis pas une dinde !*

*Chut… J'entends qu'on vient. Je te laisse, ma Lisbeth, à demain.*

Je ris de bon cœur à la description du corset (je cherche cependant la signification de « madapolam » !). Le ton m'enchante. Amélie semble être un personnage qui, je le pressens, va me faire aller de surprise en surprise. J'apprendrai, quelques pages plus tard, qu'elle n'est pas allée à ce bal, ses parents n'ayant pas cédé pour la robe sac. Rétrospectivement, j'en suis déçue pour elle et je l'imagine aisément fulminant seule dans sa chambre dont elle avait certainement pris soin de claquer la porte avec fracas avant de s'enfermer à double tour !

Amélie me devient de plus en plus sympathique et j'en oublie même qu'elle est ma grand-mère. Au fil de mes lectures piochées au hasard des cahiers je la découvre gaie et enjouée, espiègle, libre et révoltée.

Je dénombre vingt-quatre gros cahiers auxquels, au fil des années, elle confiait ses joies, ses chagrins, ses révoltes, ses profonds désirs.

Je dois les classer par ordre chronologique si je veux comprendre sa vie et les dates qui les jalonnent me seront précieuses.

Peu à peu, j'entre en immersion totale dans la vie de celle qui n'était pas encore ma grand-mère et je fais la connaissance d'Amélie, un véritable personnage de roman que j'ai du mal à associer à ma chère et sage Mounette ou du moins celle que je croyais connaître.

*4 mai 1910*

*Lisbeth, mes parents ne me comprennent pas. Je te l'ai déjà souvent dit. Ils ne sont pas là pour comprendre mais pour éduquer m'ont-ils asséné encore récemment, un jour de révolte. Et pour être éduquée, je suis éduquée, une vraie jeune fille modèle, mais au fond de moi je bouillonne. Et je déteste les travaux d'aiguille où on tente de me cantonner. Heureusement, la lecture m'est permise, soigneusement sélectionnée (à ce qu'ils croient !) mais permise et je suis affamée de lecture. « Tu vas t'abîmer les yeux à les avoir rivés en permanence sur un livre, tu ferais mieux de broder ton trousseau plutôt que lire ces inepties ! » me disait ma mère.*

*Inepties les livres de Monsieur de Maupassant ? Inepties les œuvres de Monsieur Victor Hugo ? Moi qui prenais ma mère pour une femme instruite…*

*17 juillet 1910*

*Ma chère Lisbeth, Félicite-moi, je viens d'avoir mon brevet !*

*Je pourrais continuer jusqu'au baccalauréat mais je préférerais devenir institutrice, j'aime tellement les enfants ! Pour cela, il faudrait que j'aille à l'école normale.*

*Tu sais ce que m'a dit ma mère quand je lui en ai parlé ? « Les jeunes filles de bonne famille ne travaillent pas, de toute façon un jour ou l'autre tu te marieras et pour tenir une maison, cuisiner et élever tes enfants, faire honneur à ton mari, lui obéir en tout, tu n'as pas besoin de continuer tes études ! »*

*J'en suis restée bouche bée. Jamais je n'entrerai dans son moule, nous sommes au 20e siècle quand même !*

*Il ne me reste plus qu'à convaincre mon père. Jamais je ne serai sous la coupe d'un mari.*

*20 juillet 1910*

*Voilà, j'ai parlé à mon père. Bien qu'il soit toujours très occupé avec sa brasserie, il m'a écoutée et il me comprend, Lisbeth, il me comprend ! Il s'est même renseigné sur l'école normale de Lille, je peux y entrer si je réussis le concours et il y aura deux ans d'études suivies d'une année comme institutrice stagiaire dans une école, avant de devenir titulaire.*

*Je vais m'inscrire pour le concours dès demain, mon père m'accompagnera. Il paraît qu'il y aura aussi une enquête sur la moralité de notre famille, c'est qu'on ne confie pas l'enseignement aux enfants à n'importe qui !*

*Ma chère Lisbeth, j'ai franchi une grande étape, je crois. Je vais me préparer pour le concours et je l'aurai, foi de moi !*

*Ma vie va prendre un autre tournant.*

Effectivement, une nouvelle vie commençait pour Amélie. Elle écrivit moins dans son cahier car elle travaillait sans doute beaucoup pour son concours d'entrée à l'école normale qu'elle réussit d'ailleurs comme elle se l'était promis. Je trouvai seulement un paragraphe sur l'uniforme qu'elle devrait porter dans l'enceinte de l'école.

*« Désormais, je suis une pie ma Lisbeth, oui une pie ! C'est ainsi qu'on appelle les normaliennes à cause de la plume blanche qui orne leur chapeau ! Le reste de l'uniforme est noir corbeau avec en bas de la jupe un ruché d'une grande laideur. Une pie et un corbeau, tu vois ce que ça peut donner ! Je déteste tu t'en doutes, mais s'il faut en passer par là j'en passerai par là puisque c'est à ce prix que je deviendrai indépendante. Tu sais que je suis prête à tout pour ça. »*

Commencèrent alors deux années d'études qu'elles trouvaient un peu répétitives par rapport à celles de la classe de brevet élémentaire mais la nouveauté résidait dans l'enseignement laïque et républicain en application de la loi de 1905 sur la laïcité et cela lui plaisait beaucoup.

Ce n'est pas pour autant que la mère d'Amélie avait perdu de vue un mariage éventuel pour sa fille et ce qu'elle écrivit en juillet 1912, alors qu'elle avait tout juste dix-neuf ans, m'amusa beaucoup.

*27 juillet 1912*

*Lisbeth, tiens-toi bien, aujourd'hui j'ai refusé de me marier à un « homme très bien » que mes parents m'ont présenté.*

*« Très bien m'avez-vous dit ? Surtout très vieux, très bedonnant et très chauve et si vous me mariez à lui je me suiciderai ! » leur ai-je lancé après la rencontre, avant de courir m'enfermer dans ma chambre. Mais j'ai été si désagréable avec lui qu'il ne voudra certainement plus de moi pour épouse ! Si tu l'avais vu triturer le bord de son chapeau qu'il tournait dans tous les sens sans savoir quoi dire à cette jeune fille boudeuse et impolie qu'on lui présentait ! Je ris rien qu'en y pensant !*

*À quoi songent les parents pour qui marier leur fille unique avec un beau parti est leur seul souci, sans doute pour permettre aux deux familles de n'en faire qu'une en associant leurs filatures ou leurs terrains, ou leurs brasseries, ou que sais-je encore. Pourtant leurs affaires sont prospères mais ils me sacrifieraient sans état d'âme sur l'autel d'encore meilleures affaires. C'est ce qui se passe dans toutes les bonnes familles bourgeoises et je vis dans une de celles-là. De quoi faire de toutes ces femmes sacrifiées de futures Madame Bovary (si elle savait que je lis Monsieur Flaubert, lui aussi mis à l'index pour outrage à la morale publique et religieuse ainsi qu'aux bonnes mœurs à cause de ce livre... mais sait-elle seulement qui il est ? Pardon Mère !)*

*Oublie-t-elle que je fais des études pour devenir institutrice ? Je n'ai pas besoin de mari !*

*Ah ! On m'appelle, j'espère qu'elle n'a pas un deuxième prétendant dans sa manche !*

Je m'attarde longuement sur des pages de l'année 1913, année de ses vingt ans, qui semble très importante pour elle puisque c'est celle où elle rencontre celui qui deviendra son mari. Donc mon grand-père. J'approche du but !

*2 janvier 1913*

*Ce sont les vacances de Noël. En juillet, j'aurai fini mes études à l'école normale et je pourrai devenir titulaire.*

*Mais pour l'heure, j'ai autre chose en tête. Tu te souviens de ce fameux bal où je n'étais pas allée à cause de la robe-sac que mes parents ne voulaient pas que je porte ? Eh bien, cette année pas question que je rate celui qui aura lieu dans trois jours – le plus beau paraît-il – peu importe la robe qu'on m'imposera je veux y aller. Ceci dit, cette robe que j'ai choisie avec ma mère est acceptable, même pour moi qui ai des idées vestimentaires un peu spéciales. Je dois dire qu'elle me va plutôt bien et je me sens très jolie, d'autant que j'ai obtenu de laisser mes cheveux lâchés sur mes épaules plutôt que resserrés dans un chignon de grand-mère. Peut-être vais-je rencontrer le prince charmant ? J'ai tellement envie d'être amoureuse... ce n'est pas incompatible avec mon désir d'indépendance n'est-ce pas ? Une amie de l'école normale m'a dit qu'elle l'était, amoureuse, et qu'il s'appelle Antoine.*

*Et le mien, comment s'appellera-t-il ?*

*10 janvier 1913*

*Lisbeth, ce bal, ce bal... Je ne l'oublierai jamais de ma vie ! Oui, je l'ai rencontré, lui, celui que j'attendais ! Et je suis amoureuse. Follement amoureuse, plus encore que tout ce que je lis dans les romans. Il est beau. Divinement beau. Et élégant, raffiné, cultivé. Je l'aime ! Ma chère Lisbeth, il faut que je te raconte, toi à qui je dis tout.*

*Je n'avais pas encore dansé et j'agitais fortement mon éventail tant il faisait chaud dans la salle de bal bondée quand tout à coup il se trouva devant moi, me regardant avec un petit sourire amusé, ce qui dans un premier temps m'agaça prodigieusement. Tu me connais, je lui ai immédiatement tourné les talons et je me suis dirigée vers le jardin d'hiver. Il m'y a suivie ! J'ai pris l'air agacé mais il ne souriait plus. Il tenait un verre d'orangeade qu'il me tendit en me disant « Il fait bien meilleur ici, vous avez raison... Il y a tant de monde qu'on n'a même pas envie de danser ! Pourtant, si j'osais, je vous demanderais bien de m'accorder la prochaine valse... Je me présente : Louis de Cressac, pour vous servir Mademoiselle... »*

*Bien sûr, je lui ai donné mon nom.*

*Le sien m'impressionna avec sa particule et en plus il était superbe dans son uniforme d'officier qu'il portait beau avec sa grande taille bien tournée. Je n'ai jamais vu d'homme aussi séduisant et, ma Lisbeth, tu te doutes bien que j'ai accepté cette valse... Sa fine moustache ajoutait à son charme et ma tête a tourné... Était-ce la musique de Strauss, mon cavalier qui me serrait contre lui, je ne sais pas, mais je me suis totalement abandonnée dans ses bras et j'étais au bord du malaise. Il l'a senti et m'a serrée encore plus fort en se dirigeant à nouveau vers le jardin d'hiver. J'étais horriblement gênée comme tu peux l'imaginer et je ne savais pas quoi dire mais je me suis reprise. « Merci de m'avoir soutenue, je me suis sentie mal en effet, tout ce monde... c'est insupportable ! ». Il sourit en me disant « Si nous nous installions dans la bibliothèque pour bavarder, c'est un endroit charmant, confortable... et frais... qu'en dites-vous ? » Je n'avais qu'une idée en tête, le suivre là où il voudrait quand il voudrait. Tu t'en rends compte Lisbeth, le suivre là où il voudrait, quand il voudrait, mais ce n'est pas moi ça !*

*Assis sur un sofa, nous avons parlé, parlé, parlé, comme si nous nous connaissions depuis toujours ! J'aurais voulu ne plus jamais le quitter ! Est-il possible que l'amour arrive si vite, sans prévenir et vous envahisse ? Quand il a pris ma main pour la porter à ses lèvres, j'ai cru défaillir et c'est moi, oui moi, qui lui ai tendu mes lèvres ! Il les a prises doucement, si doucement... Je ne me reconnais plus. Il m'a donné rendez-vous demain devant le Guignol du parc. J'y volerai, je t'assure et je le suivrai jusqu'au bout du monde s'il me le demande ; pour lui, j'abandonnerai même mon rêve d'être institutrice pour ne me consacrer qu'à lui ! Ma mère avait raison...*

C'est la dernière page du cahier que je suis en train de lire. Celui que j'ai répertorié comme étant le suivant ne parle pas de cette histoire d'amour naissante ; je feuillette fébrilement les autres cahiers croyant à une erreur dans mon classement mais je ne trouve rien de plus. À l'évidence, il manque un cahier, voire plusieurs. Que diable n'a-t-elle pas numéroté ses cahiers elle-même ! J'enrage ! Il faut que je sache ! Après tout, cette histoire me concerne, je suis née de cet amour-là puisque je m'appelle Agnès de Cressac !

Par chance, il me fallut retourner à Lille pour régler la succession et je passai une nuit au Porche aux Lions. J'allai directement fouiller l'armoire à double fond. Je n'avais pas eu la bonne idée de me munir d'une lampe de poche et c'est à tâtons que mes doigts découvrirent deux autres cahiers coincés contre la paroi de l'armoire. Ces deux cahiers allaient probablement me faire revoir tout le classement des vingt-quatre autres.

Avant de me mettre à leur lecture, je rends une visite surprise à Parrain évidemment ravi de me voir et qui me bombarde de questions sur ce que devenait ma vie à Amiens. Je ne peux lui cacher plus longtemps la découverte que j'ai faite des cahiers intimes de ma grand-mère. Il me dit simplement : « À quoi bon réveiller le passé ? À quoi te servira de le connaître puisqu'elle est morte maintenant… laisse-les dormir aussi… »

Mais je n'écoutai pas ses conseils et passai une partie de la nuit à lire l'un des deux cahiers retrouvés ; effectivement la suite de la rencontre coup de foudre d'Amélie et de son bel officier s'y trouvait.

*2 avril 1913*

*Lisbeth, On ne se connaît que depuis trois mois et aujourd'hui Louis m'a demandé si je voulais l'épouser ! J'ai cru défaillir de joie ! Il me presse de le présenter à mes parents. Qu'en dis-tu ? N'est-ce pas aller trop vite en besogne ? Mais on s'aime tellement ! J'en ai la tête qui tourne et je ne sais même plus comment je m'appelle ! Madame de Cressac peut-être, puisque c'est son nom ? Au diable mon indépendance !*

*Pas le temps de t'en dire plus, des tas de choses à faire.*

*5 avril 1913*

*Lisbeth, c'est pour cet après-midi. Louis viendra à la maison et je le présenterai à mes parents. Il est fou amoureux de moi et voudrait que l'on se marie cet été. Je suis dans un état d'excitation indescriptible.*

*6 avril 1913*

*Voilà, c'est fait. Louis est introduit dans la famille. J'étais dans mes petits souliers ma chère Lisbeth comme tu peux bien l'imaginer ! Il avait fait livrer des fleurs à ma mère et, à peine entré dans le salon où ils attendaient, je l'ai mené vers mes parents en leur disant d'un ton très assuré :*

*« Père, Mère, je vous présente Louis de Cressac ».*

*Louis s'inclina devant ma mère pour un baise-main parfait, et salua mon père comme un militaire doit le faire. Puis nous avons pris le thé, Louis était très à l'aise et parlait de tout, de l'actualité, des derniers spectacles qu'il avait vus à Paris, de sa nouvelle voiture et de ses parents qui vivaient Bordeaux d'où il est originaire en leur disant tout le plaisir qu'il aurait à les leur présenter. Je les ai sentis immédiatement séduits par ce fringant officier, noble de surcroît... Et moi j'étais sous le charme de cet homme parfait qui me désirait comme épouse. Et le grand moment arriva enfin. À un moment, il se leva, toussota pour s'éclaircir la voix et déclara d'un ton solennel « Madame, Monsieur Duhamel, vous avez sans doute compris l'inclination que j'éprouve pour Mademoiselle votre fille ? Je crois pouvoir dire que ce sentiment est réciproque et j'ai l'honneur de vous demander sa main ».*

*J'avoue qu'après je ne sais plus ! J'étais au paradis ! Mais tout avait l'air positif car j'ai vaguement entendu des mots comme contrat de mariage, ma dot (importante à ce que je compris) train de vie, enfin toutes ces choses matérielles qui me sont étrangères et sur lesquelles ils semblaient être d'accord. Mes parents avaient l'air satisfaits… Tu penses Lisbeth, un homme si bien né… un peu de noblesse ne saurait nuire à la famille ! Je suis une chipie n'est-ce pas ? Mais une chipie heureuse et ça change tout !*

*Et maintenant, il faut que je pense à ma robe de mariée car c'est autre chose qu'une robe de bal une robe de mariée.*

*À bientôt, ma Lili !*

De ce que je lus par la suite, j'appris qu'en juin 1913, un repas réunissant les deux familles pour la première fois fit office de fiançailles au cours de laquelle Louis offrit à Amélie une bague garnie de trois petits diamants montés en triangle sur or blanc qui avait appartenu à sa grand-mère. Curieusement, je ne l'ai jamais vu porter cette bague et je ne l'ai trouvée nulle part. Par contre, j'ai bien trouvé le livret de famille qui leur avait été délivré à l'occasion de leur mariage civil, en août 1913. Ils avaient fait vite.

Toujours renseignée par mes lectures, j'appris que le mariage religieux fut fastueux, de la robe de mariée en satin ivoire, la couronne de fleurs naturelles posée sur son éclatante chevelure nouée en cascades et un long voile en dentelle de calais, jusqu'à la réception qui suivit et fit même la première page de l'édition lilloise du « Petit Journal » (l'équivalent du Figaro à notre époque). Le couple était superbe et point de mire de toute la bourgeoisie lilloise. Louis et Amélie, accrochée à son bras, passaient d'un groupe à l'autre ; Louis était d'une aisance remarquable, parlant à chacun, les séduisant tous, les femmes en particulier, Amélie le sentait aux regards envieux qu'elles lui jetaient et qui ne faisaient que lui confirmer qu'elle avait beaucoup de chance d'avoir été choisie par un homme aussi remarquable.

Après leur voyage de noces en Italie, le couple irait habiter, en attendant le nouvel ordre d'affectation de Louis, dans un appartement que possédaient les parents d'Amélie, non loin de la Grand-Place. La rapidité du mariage n'avait pas permis d'effectuer les travaux intérieurs pour le remettre au goût du jour. Seule leur chambre à coucher accueillit un nouveau lit à tête capitonnée de rose et le cabinet de toilette une nouvelle baignoire dernier cri à la robinetterie en col de cygne. Le salon s'enorgueillit d'un piano droit, le demi-queue étant inséparable du Porche aux Lions. Amélie en poursuivrait la décoration à leur retour de Venise. Elle fourmillait d'idées sur ce qu'elle ferait pour que leur amour s'y sente bien.

Amélie n'écrivit plus dans son cahier jusqu'au mois de novembre suivant, trois mois après son mariage. Le ton avait bien changé.

*Hello Lisbeth. Cela fait longtemps n'est-ce pas ? Ne m'en veux pas, trop de choses me sont arrivées ces derniers mois, et pas des meilleures. Tu te souviens de ce que j'écrivais au printemps dernier, tu sais quand je disais que je suivrais Louis au bout du monde et même au-delà s'il me le demandait ?*

*Fadaises ma chère. Étais-je naïve ! Une vraie bécasse. Il ne m'a pas fallu longtemps pour redescendre sur terre. J'ai compris dès le lendemain de mon mariage quel homme il était. Je le hais. Tu m'entends ? Je le hais. Mais je suis mariée à lui. J'en mourrai.*

*Mon voyage de noces fut un calvaire et je hais même Venise désormais. J'ose à peine t'en parler mais il faut que je me confie et je n'ai que toi.*

À la lecture de ces lignes, le cahier me tombe des mains. Je reste sous le choc quelques instants et reprends ma lecture non sans crainte à l'idée de ce que je vais encore apprendre.

*Le soir de notre mariage, nous avons pris un train de nuit jusqu'à Venise ainsi que nous l'avions prévu. J'étais fatiguée après cette journée éreintante ; Louis avait beaucoup bu et, dans notre wagon-lit, aussitôt après que le groom eut refermé la porte sur nous, alors que j'avais si peur de ces premiers moments d'intimité et ne sachant pas grand-chose de l'acte sexuel à part ce qu'en avait dit ma mère c'est-à-dire peu et du genre « tu te laisseras faire par ton mari, c'est lui qui t'expliquera, n'oublie pas que tu lui appartiens » il s'est jeté sur moi, arraché mon corsage en me poussant sur la banquette où j'atterris brutalement après m'être pris les pieds dans ma jupe en me débattant. Ne ris pas. C'est affreux.*

*Malgré mes protestations et mes larmes, il m'a prise de force, violée, oui violée c'est le mot qui convient. Ayant probablement trop bu au repas de mariage, il s'est endormi aussitôt après et moi je ne savais pas quoi faire avec mes jupons déchirés et ce sang entre les jambes, cette douleur qui continuait. Je me suis recroquevillée contre une paroi du wagon, le plus loin possible de lui, et j'ai essayé de remettre de l'ordre dans ma toilette et de me laver un peu. J'ai honte, Lisbeth. Oui, c'est moi qui ai honte. Il ne s'est réveillé qu'au petit matin, moi je n'avais pas dormi du tout et j'étais transie de froid. Il a balbutié quelques paroles inaudibles, m'a attirée vers lui et s'est rendormi son bras autour de moi. Je me suis un peu réchauffée à son détestable contact... en évitant son haleine empuantie d'alcool car il ronflait, ce butor.*

*Dans ma tête tournaient les mots d'injures que je lui dirais, les gestes que je ferais, me voyant même repartir aussitôt arrivé à Venise après l'avoir giflé et craché au visage.*

*Mais bernique ma Lisbeth, bernique, billevesées, ce faquin était mon maître désormais, je lui avais juré obéissance, folle que j'étais ! Je n'avais même pas un sou dans mon sac, j'étais pieds et poings liés.*

*Quand le train est arrivé en gare, il s'est levé, un peu gêné quand même, mais osant me dire avec aplomb « Je crois vous avoir un peu malmenée, ma chère ! Que voulez-vous, c'est votre faute, vous êtes trop jolie ! »*

*Et voilà comment cette brute écrit l'histoire ! Je me vengerai, ma Lisbeth, j'en fais le serment car dans le train, mon calvaire n'avait fait que commencer.*

Atterrée, j'interromps ma lecture et il me faut plusieurs minutes avant de la reprendre.

*Un taxi nous emmena de la gare à l'hôtel luxueux que nous avions réservé à Venise et où il voulut prendre un petit déjeuner. Je ne l'accompagnai pas, j'étais incapable d'avaler un morceau. Il me rejoignit bientôt dans notre chambre. Il voulut me prendre dans ses bras, je le repoussai. Cela eut le don de le mettre en rage et une fois de plus il me bouscula sur le lit malgré mes supplications de ne plus avoir à le subir. Rien n'y fit.*

*Me croiras-tu, Lisbeth, si je te dis que pendant la semaine que nous y avons passée, je n'ai vu de Venise que cette chambre d'hôtel où nous prenions même nos repas… entre deux viols, car chaque relation en fut un. Il était insatiable, le jour, la nuit, il abusait de moi. J'essayai tout ce qui était en mon pouvoir pour l'éviter, les larmes, les prières, les cris, les supplications, rien n'y faisait. Sa seule réponse était que je le rendais fou de désir parce que j'étais trop belle.*

*C'est un grand malade, voilà la vérité et moi seule le connais sous ce jour. Ayant compris son penchant pour l'alcool, je le faisais boire plus que de raison au cours des repas servis en chambre (sous l'œil goguenard des maîtres d'hôtel, tu l'imagines) car ce n'était que lorsqu'il s'écroulait que j'avais la paix et j'en profitais pour dormir un peu. Et me laver, me laver encore. Je me sentais sale. J'ai songé cent fois à me sauver mais où serais-je allée ? Il avait même gardé ma pièce d'identité et je n'avais pas un sou sur moi. Le sort des femmes n'est pas enviable. J'ai tellement pleuré, tellement pleuré… d'impuissance, de déception, de rage contre moi-même. Comment ai-je pu me tromper à ce point ?*

J'arrête à nouveau de lire, ces révélations me bouleversent à plus d'un titre ; mon grand-père était donc cet individu ? Que l'on ait préféré ne pas m'en parler me semble évident maintenant que je sais.

C'est presque à contrecœur que je continue ma lecture, tant je crains d'apprendre d'autres horreurs.

*De retour à Lille, je dus, pour le qu'en-dira-t-on que je savais cher à mes parents, jouer à la jeune mariée comblée et rayonnante. Pourtant j'avais une toute petite mine et les yeux cernés ; une voisine, avec un clin d'œil appuyé et complice, me dit qu'une femme aux yeux cernés dénotait un tempérament de feu et que mon mari devait être un homme heureux ! Je ne trouvai évidemment rien à répondre à cette femme vulgaire et stupide.*

*Nous nous installâmes donc dans ce que les autres appelaient « notre nid d'amour ». Nid d'amour ? Ah ! bien, ouiche !*

*Voici quelques jours, J'ai demandé à Louis pourquoi il m'avait épousée. Son cynisme n'eut d'égale que sa grossièreté.*

*« Votre dot ma chère, votre dot ! J'étais couvert de dettes de jeu et il y avait urgence à ce que j'épouse une petite bourgeoise bien dotée... et bien tournée, ce qui ne gâche rien et de plus j'adore votre cervelle d'oiseau ! À propos ma chère, je pense que, pas plus que moi, vous ne voudriez tomber enceinte ? Alors je vais vous donner une astuce pour l'éviter : les prostituées des maisons closes s'introduisent un morceau de savon au fond du vagin, c'est efficace, paraît-il. Bonne idée non ? »*

*Oui, tu as bien lu, ce sont ses paroles. Je ne m'en offusque qu'à peine, de lui rien de m'étonne plus. Mais que connaît-il des pratiques des maisons closes sans les fréquenter ? Je ne l'avais pas imaginé mais grand bien lui fasse, qu'il aille au diable !*

*Mais depuis, et je t'en fais l'aveu Lisbeth, je suis ses monstrueux conseils, je ne veux pas d'enfant de lui. Je le méprise autant que je me méprise. J'espère seulement qu'il ne me contaminera pas avec une des maladies qu'on attrape dans ces endroits... J'ai lu des choses horribles à leur propos et j'ai peur.*

*Il m'a interdit de reformuler ma demande d'affectation comme institutrice et il faut sa signature. La férule d'un mari est insupportable.*

*Voilà à quoi j'en suis réduite, Lisbeth. Je n'ai jamais parlé de ce que je subis à mes parents, jamais je n'oserais et d'ailleurs ils ne me croiraient pas, c'est trop horrible et que vaudrait ma parole contre la sienne ? J'ai jeté mon alliance et ma bague de fiançailles dans la fosse d'aisances, leur vraie place. Je le hais, je le hais, je le hais.*

Je suis sidérée à la lecture de ce passage. Pauvre petite Amélie… si jeune, si innocente, confrontée à de tels problèmes sans y avoir été préparée. Sa belle histoire d'amour était devenue une histoire sordide.

Malgré ma répugnance, je m'oblige à poursuivre ma lecture, il faut que je sache ce qu'il advint d'elle, ma grand-mère très chérie.

Mille questions se bousculent dans ma tête mais celle qui domine toutes les autres concerne mon propre père, lui si bon, si tendre, savait-il de quel homme horrible il était né ? En tout cas, je sais maintenant pourquoi je n'ai pas retrouvé ni sa bague de fiançailles ni son alliance, maigre consolation.

Amélie n'écrivit plus dans son cahier pendant une année entière ; elle ne le reprit qu'en juin 1914.

*30 juin 1914*

*Voici presque une année que je n'ai pas écrit. Oui, je reconnais t'avoir délaissée ma pauvre Lisbeth mais je me sens si mal avec moi-même… J'ai refusé de suivre Louis dans sa ville de garnison pour rester à Lille où, pour occuper mon temps, je continue à moderniser l'appartement style Art nouveau dont j'aime les formes tout en rondeurs… Ma mère trouve mes goûts affreux, tant pis, moi j'aime, c'est moderne. Louis rentre de temps à autre. Rien n'a changé dans notre relation, je le subis encore et encore, jusqu'à la nausée. Il faut que je divorce, mais comment faire ? Comment l'annoncer à mes parents ?*

*Malgré tout, je lis les journaux avec attention car il se passe beaucoup de choses dans le monde et en particulier à Sarajevo où, voici deux jours, on a assassiné l'archiduc François-Ferdinand. Il paraît que cela pourrait déclencher une guerre ; pour être franche, je ne comprends pas pourquoi mais il est vrai que je n'ai qu'une cervelle d'oiseau. Comme dit Louis.*

*P.S. À propos de cervelle d'oiseau, j'ai écrit au ministère de l'Instruction publique et des beaux-arts pour que l'on m'attribue un poste d'institutrice à la rentrée scolaire. Pourvu que ça marche !*

*1er juillet 1914*

*Lisbeth, les choses bougent de plus en plus ! Des bruits courent sur une déclaration de guerre de l'Allemagne... pourvu que ce soit vrai. Louis va bientôt rejoindre son corps d'armée, je te tiens au courant ! Bis morgen comme on dit outre Rhin !*

*J'ai honte de ce que j'écris. Qui peut se réjouir d'une guerre à part moi ? C'est indécent je m'en rends parfaitement compte. Mais pour moi, c'est une question de survie, comme pour ces soldats que l'on va envoyer au front se faire massacrer pour la patrie. À chacun sa guerre. Pardon Lisbeth.*

*2 août 1914*

*C'est fait. L'Allemagne nous a déclaré la guerre. Louis a rejoint son régiment depuis deux semaines déjà. Je revis. Cette guerre me libère de celui que je hais pour avoir fait de moi un objet sexuel soumis à sa seule volonté, j'ai bu la honte jusqu'à la lie avec ce que m'a fait subir celui qui aurait dû me protéger et me respecter. Je veux retrouver ma dignité de femme. Plus jamais ça ! Le mariage m'a libérée de la tutelle de mes parents, la guerre de celle de mon mari, je suis une femme libre désormais. Lisbeth, tu seras le témoin de ma renaissance !*

Quelle fut cette renaissance ? Tous mes loisirs furent dès lors consacrés à l'étude approfondie de toutes les lettres, tous les cahiers, tous les documents dont je disposais. Je voulais savoir et surtout comprendre pourquoi Mounette ne m'avait jamais rien raconté de tout cela.

Au fil de mes découvertes, le puzzle se mettait en place et, peu à peu, la vie d'Amélie prenait forme. En même temps, j'avais la curieuse impression d'aller à la découverte de ma propre histoire et je me décidai à l'écrire.

# Amélie et la vraie vie

Après le départ de Louis, Amélie continua d'habiter le coquet appartement dont elle finissait la décoration et dans lequel elle se sentait bien et surtout libre et légère. Louis n'avait pas eu le temps de le marquer de son empreinte.

En attendant son affectation dans une école qui ne devrait pas tarder, elle chinait chez les brocanteurs, les antiquaires de Lille pour trouver le petit objet qui manquait, ici sur un buffet, là sur un guéridon. Elle écrivait encore parfois dans son Journal mais sa vie était si paisible qu'elle ne trouvait plus beaucoup de choses à raconter à Lisbeth. Louis était enfin loin de ses pensées ; elle n'en avait aucune nouvelle et ne cherchait pas à en prendre.

Malgré les informations pessimistes, elle ne croyait pas aux rumeurs de guerre allant jusqu'à craindre le retour de Louis pour une fausse alerte.

D'ailleurs, comment croire à une guerre imminente en ce 14 juillet 1914 ? La ville était en liesse pour la fête nationale, il y avait des drapeaux, des guirlandes partout, des fanfares défilaient dans les rues, des gens dansaient sur les places de tous les quartiers au son des accordéons.

Mais le deux août suivant, la guerre est déclarée même si la ville n'en ressent pas encore les effets ; des affiches de mobilisation générale sont placardées à chaque coin de rue. La guerre arrive aux portes de Lille, la grande guerre, celle qui durerait quatre ans, qui ferait des millions de morts dans le monde, la « der des ders » comme on l'appelait déjà.

Amélie commence à prendre conscience de la réalité. C'est à l'annonce de la mort de Jean Jaurès victime d'un attentat criminel le 31 juillet que son père comprend qu'il n'y a plus d'espoir, lui seul aurait pu encore tenter quelque chose. Ils lisent fébrilement les informations de la Presse encore libre mais celle-ci commence à se faire irrégulière et presque introuvable. La ville se vide de ses jeunes hommes qui partent à la guerre la fleur au fusil, persuadés que tout serait réglé en quelques semaines.

Bon nombre des instituteurs de Lille ayant été appelés, Amélie fut rapidement nommée dans l'une des écoles primaires publiques pour filles de la ville et le premier octobre 1914, jour de la rentrée scolaire, son rêve de devenir institutrice se réalisa. L'école comportait huit classes, de la maternelle à la classe du certificat d'études regroupant deux cent quarante filles.

La classe où elle était affectée était une classe élémentaire pour les filles de sept et huit ans.

Pour ses débuts d'institutrice, on l'avait nommée en binôme avec une jeune femme qui avait un peu plus d'expérience, Victorine, plus âgée qu'elle de cinq années. Elles sympathisèrent immédiatement. Leurs élèves étaient au nombre d'une petite trentaine.

Elles désiraient toutes deux enseigner de manière originale et ludique où toute leur fantaisie pourrait s'exprimer librement tout en respectant le programme.

Avant la rentrée, elles avaient couvert les murs de la classe de dessins joyeusement colorés, de fleurs en papier et de papillons confectionnés avec les élèves avec du papier crépon dont elles avaient trouvé une fin de stock dans une vieille papeterie de Lille où personne n'allait plus guère. Amélie avait toujours aimé les enfants ; enfin, elle se sentait utile et se rendait chaque matin à l'école avec joie.

***

Mais à la mi-octobre, après un siège qui dura trois jours pendant lesquels d'intenses bombardements détruisirent une grande partie du quartier de la gare, les autorités de la ville se rendirent. Lille était aux mains de l'ennemi.

La soudaineté des bombardements l'ayant empêchée de rejoindre ses parents et la cave profonde de leur maison, Amélie s'était réfugiée sous la table de sa cuisine sur laquelle elle avait posé un matelas, frêle abri où elle se sentait malgré tout en sécurité quand les murs de l'immeuble tremblaient sous les bombes. Quand enfin elle put sortir, craignant le pire, elle se dirigea vers le Porche aux Lions qui, par chance, était toujours debout. Ses caves voûtées avaient servi d'abri à ses parents ainsi qu'à tous les voisins alentour pendant les offensives allemandes.

Durant les jours qui suivirent, la plus grande confusion régna dans la ville où les Allemands s'installaient sans vergogne. Distante d'à peine vingt kilomètres du front, Lille devint une base arrière pour les troupes allemandes qui venaient s'y détendre.

Les grands restaurants et les lieux de loisirs furent réservés aux troupes ; la vie devint un enfer pour la population mais un paradis pour l'envahisseur.

Les horloges furent réglées à l'heure allemande, sur la Grand-Place les cafés devinrent des « Trinkhalle », un « Soldatenkino » ouvrit ses portes, en quelques mois l'occupant acheva la construction de l'Opéra commencée avant que la guerre n'éclate qu'ils appelèrent « Das Deutsches Theater ». Des journaux en langue allemande donnaient chaque jour les programmes de concerts, d'opérettes, opéras, auxquels était conviée la population lilloise. À quelques exceptions près, aucun des Lillois ne s'y rendit et une sorte de résistance passive s'organisa.

La publication des anciens journaux avait été complètement arrêtée et un des deux périodiques disponibles pour les Lillois était un journal de propagande allemand, le Bulletin de Lille, publié deux fois par semaine par la municipalité sous contrôle allemand et donc contraint de se limiter à des informations pratiques et commerciales. L'autre était La « Gazette des Ardennes », qui se bornait à publier la traduction des communiqués allemands officiels et que les habitants du Nord surnommaient « Le journal des minteux ». (« Le Journal des menteurs ».)

Complètement isolée du reste de la France, la majorité de la population de Lille restait dans l'ignorance des évènements extérieurs.

Tant bien que mal, une nouvelle vie s'organisait pour tous les Lillois, il fallait bien survivre.

Quelques mois avant la guerre, les parents d'Amélie prenant de l'âge avaient engagé une bonne à tout faire – ainsi qu'on appelait alors les gens de maison – Léonie, une jeune femme de vingt et un ans, native de Roubaix, dégourdie, sans famille, qui n'avait pas eu la vie facile et très heureuse d'avoir trouvé une « bonne place ». Elle était logée dans les soupentes du Porche aux Lions et s'y trouvait bien. Sa vivacité, sa gouaille, sa bonne humeur et sa manière de parler le patois « chti » mettaient un peu de joie dans la maison.

Au début du conflit, les premiers commentaires qu'elle fit en rentrant de la ville les avaient beaucoup amusés et depuis ils attendaient les suivants avec curiosité.

« En ville, on n'parle que d'la mobilisation, d'la guerre, des Allemands, d'la Russie ! Mais l'patron du café a l'air d'prindre cha à l'rigolade, il dit qu'cha va pas durer. Pour l'instant Y zon envahi le Grand-Duché de Luxembourg, cha n'a pas dû être trop dur pour eux ! Mais… j'y pinse, ch'est pas près d'la Belgique, Luxembourg ? Alors ch'est pas loin d'chez nous, Jésus, Marie, Joseph ! »

Sans presse libre et donc sans véritable information sur ce qui se passait, c'est surtout des « vraies » nouvelles de la guerre que Léonie cherchait en ville et ses oreilles traînaient partout. Toutes les informations qu'elle glanait çà et là se révélaient le plus souvent exactes et ses expressions en patois lillois dont elle les constellait les rendaient presque savoureuses.

« Mince alors ! Les Allemands y sont intrés en Belgique ! Pourvu qu'nos copains belges tiennent bon ! Saqueud'in les gars, on est avec vous ! »

Le lendemain, elle annonçait avec consternation :

« Raté… Yzon pas tenu. Maintenant, les Allemands sont à Bruxelles… cha n'a pas l'air d'aller fort pour l'armée belge… Et cha s'rapproche de plus en plus, vl'la qu'Maubeuge est assiégée à c't'heure… ils seront bientôt là… Commin qu'on va faire Dieu du ciel ? »

C'est à son instigation que la famille se résigna à faire des provisions et farine, sucre, café, chicorée, boîtes de conserve, pommes de terre, charbon, bougies, savon, s'entassèrent dans les caves du Porche aux Lions, de quoi tenir quelques semaines. Le temps que la guerre soit terminée. Bien leur en prit, la pénurie alimentaire débuta peu après l'arrivée de l'armée allemande qui avait saisi les stocks existants.

L'armoire à pharmacie ne fut pas oubliée et se remplit de farine de moutarde pour les cataplasmes, de ventouses, de pastilles Pullmoll, d'un inhalateur et de la ouate thermogène en cas de refroidissements, d'élixir parégorique et de bicarbonate de soude pour les troubles digestifs. « Avec tout cha, on n'craint plus rin », commenta Léonie.

Contrairement aux prévisions, la guerre durait… Bientôt, à bout de ressources, la famine menaçait et la ville se vidait de ses habitants qui fuyaient vers la zone libre.

Amélie fut tentée d'en faire autant et essaya de persuader ses parents de la suivre, Ils refusèrent avec véhémence, même si leur brasserie avait été réquisitionnée, elle restait la raison pour ne pas partir « au moins, on peut veiller de loin », se rassuraient-ils, en ignorant alors que l'occupation durerait quatre longues années.

Ils restèrent donc à Lille. Par chance, le Porche aux lions n'avait pas encore été réquisitionné. Leur brasserie aux mains des Allemands tournait à plein rendement mais la production était uniquement réservée à l'occupant… « Ah ! Ils se régalent les boches ! Quand je pense à ma réserve de malt et de houblon toute fraîche… »

L'école d'Amélie était toujours debout et, sur instruction du rectorat, l'enseignement reprit normalement. Presque toutes les petites filles étaient revenues mais elles étaient tristes et inquiètes. Elles connaissaient d'autres enfants dont les maisons avaient été détruites avec peut-être des camarades sous les ruines ; certaines pleuraient. Victorine et Amélie s'employaient à les consoler, les rassurer et les distraire.

Quelques jours plus tard, la directrice de l'école transmit à toutes ses enseignantes une communication du ministre de l'Instruction publique et des beaux-arts qui avait été écrite avant le grand bombardement de Lille mais qui était toujours d'actualité :

« Je désire que le jour de la rentrée dans chaque classe, la première parole du maître aux élèves hausse le cœur vers la patrie et que sa première leçon honore la lutte sacrée où nos armées sont engagées », écrivait le ministre.

Ces mots plongèrent toutes les institutrices dans une réflexion d'abord dubitative… ainsi les petites filles seraient d'emblée impliquées dans la guerre ?

Se sentant investie d'une mission supplémentaire, la directrice décida d'une réunion sur le sujet qui était d'importance. D'autres écoles de Lille réagirent de la même manière et c'est une réunion générale qu'il fut prévu d'organiser avec l'approbation du Recteur d'Académie qui exprima son désir d'en assurer la présidence.

Quelques jours plus tard, elles furent informées que celle-ci se tiendrait dans une petite semaine, le jeudi suivant, journée où les enfants n'avaient pas classe.

Le jour dit, elles se rendirent ensemble au Rectorat où elles furent reçues, avec leurs autres collègues et avec beaucoup de bienveillance.

Le Recteur était un homme d'un certain âge qui avait l'air soucieux, fatigué, las, dépassé par cette guerre inutile et meurtrière. Mais il avait à cœur d'en protéger les enfants qui n'avaient rien à voir dans la folie des adultes.

« Je voudrais que nous échangions au sujet des instructions du ministre ; elles sont claires et je les respecte, mais à mon sens il faut faire plus que de “hausser leur cœur vers la patrie et honorer la lutte sacrée où nos armées sont engagées”. Ce n’est pas assez. Les enfants voient, entendent, subissent, souffrent et le moins que l’on puisse faire c’est de leur expliquer les choses Ce qui ne se dit pas est pire que tout. Il faut les accompagner tous les jours, leur parler, commenter ce qui se passe de la manière la plus neutre possible, sans attiser de haine contre quiconque. »

Des applaudissements fusèrent, dont ceux très appuyés et prolongés d’Amélie qui attirèrent l’attention du recteur.

— Mademoiselle, vous semblez tout à fait d’accord avec moi ! Avez-vous des choses à ajouter ?

— Oui Monsieur, je pense même qu’il faudrait que nous les fassions participer à l’effort de guerre pour qu’ils se sentent utiles…

— Et de quelle façon ?

— J’y ai un peu réfléchi et je me dis que si des filles de la classe devenaient marraines de guerre de certains soldats, on pourrait organiser des séances de rédaction de lettres à leur intention ; pendant les travaux pratiques, nous pourrions leur faire tricoter des écharpes bien chaudes, on pourrait aussi tenir un journal de la guerre, jour après jour ?

— Mais tout ceci me semble excellent ! Qu’en pensez-vous Mesdames ? Voyez-vous autre chose ? Encore vous Mademoiselle ?

— Oui, excusez-moi de monopoliser la parole mais je voudrais encore suggérer quelque chose pour les enfants les plus défavorisés : il s’agirait de les autoriser à se laver à l’école quand les locaux sont chauffés et de demander de l’aide au Comité

National de Secours et d'Alimentation pour avoir des vêtements et de la nourriture pour eux, cela se fait en Belgique et nous en sommes si près…

— Pourquoi pas en effet, acquiesça le recteur, je vais charger mes services de prendre les contacts nécessaires ; il me semble en effet que l'investissement social des écoles est très important, voire crucial ; quant à l'autorisation de leur permettre de se laver à l'école, je laisse la décision à chaque directrice d'établissement dont les locaux seraient adaptés. Quoi d'autre encore ?

— Je trouve l'idée de faire appel à des organismes pour trouver de la nourriture et des vêtements excellente ! – intervint une jeune institutrice qu'Amélie ne connaissait pas – Les enfants sont sous-alimentés et ne sont pas capables de prêter une attention soutenue pendant la classe… Pour ma part, je suggère également de supprimer les cours de gymnastique qui leur demandent trop d'efforts.

— Je vais y réfléchir et je pense que c'est effectivement une bonne idée. Laisser les enfants jouer gentiment à la balle dans la cour de récréation serait bien suffisant à l'heure actuelle… D'autres suggestions Mesdames ?

La discussion ainsi lancée fit naître d'autres idées dont certaines retinrent l'attention puis l'approbation du Recteur qui leur souhaita bon courage pour lancer toutes ces opérations qu'il soutiendrait, leur promit-il.

Un ersatz de café fut offert à la suite de la réunion à l'ensemble des participants et les échanges continuèrent et la situation du pays en guerre dominait. Amélie tint des propos germanophobes assumés, en particulier à la suite d'une scène à laquelle elle avait assisté la veille : un civil ayant refusé de céder le passage à un officier allemand sur un trottoir étroit fut molesté et arrêté séance tenante. Elle était révoltée et demandait ce qu'il faudrait faire pour chasser ces brutes hors de France.

Un collaborateur du recteur vint la trouver au moment où la réunion se disloquait et, discrètement, lui glissa un billet plié en quatre dans la main : « Vous paraissez avoir du caractère, appelez ce numéro en disant que c'est de la part de Roger Le Bègue », lui dit-il simplement. Elle ne montra rien de sa surprise, se retint de pouffer de rire à l'annonce de son nom et glissa le papier dans son gant.

Avec Victorine, elles regagnèrent leurs domiciles respectifs en échangeant sur ce qu'elles allaient faire avec les enfants de leur classe et décidèrent de coucher par écrit toutes les idées qui leur viendraient et le moyen de les réaliser.

Elles se sentaient investies d'une double mission qui pouvait se révéler aussi passionnante qu'importante. « À demain ! » se dirent-elles en s'embrassant avant de se séparer. Elle ne lui avait pas parlé du papier.

Arrivée chez elle, elle le déplia et n'y découvrit qu'un simple numéro de téléphone qu'elle appela sans hésiter. C'est une femme qui décrocha à qui elle annonça qu'elle appelait de la part de Roger le Bègue. « Vous êtes seule ? » demanda la voix. Après sa réponse affirmative, la voix continua « Que voulez-vous ? »

Prise de cours, Amélie, de plus en plus intriguée, lança ce qui lui vint à l'esprit « Bouter l'ennemi hors de France ! » avec grande conviction.

« Je vous rappelle, donnez-moi votre numéro ». Amélie s'exécuta sans bien savoir où tout cela allait la mener.

Elle avait lu « L'espionne du Bourget » de Paul Bertnay, le combat d'une espionne dans « L'éclat d'obus » de Maurice Leblanc et son esprit romantique doublé de sa fibre patriotique s'enflammaient.

Quelques jours plus tard, elle eut un appel lui disant de se rendre, à une date et à une heure précises, à l'église Saint-Maurice où elle trouverait sous le siège du confessionnal du transept nord un document contenant des instructions. À détruire aussitôt après lecture.

Aux jour et heure dits, elle se rendit à l'église Saint-Maurice qui était dans la pénombre. Et vide. Pas une seule paroissienne en vue. Le temps de se repérer et elle se dirigea vers ledit confessionnal auprès duquel elle s'agenouilla. Elle vérifia qu'elle était bien seule et entra dans la « cabane à pêchés » ainsi qu'elle l'appelait quand on lui avait fait faire sa première communion. Elle tâta à l'aveugle le dessous du siège et trouva effectivement, bien fixée, une enveloppe que rapidement elle glissa dans son sac. Elle vérifia à travers les barreaux que la voie était toujours libre et elle sortit furtivement de ce réduit. Elle reprit place sur la chaise où elle s'était agenouillée, attendit un peu, se signa et sortit calmement de l'église, le cœur battant, elle devait bien se l'avouer.

Ce n'est que chez elle qu'elle ouvrit son sac. L'enveloppe n'était ni grande ni très épaisse. Elle l'ouvrit. À l'intérieur, une autre enveloppe scellée cette fois.

Et juste un mot : « À remettre en main propre à Mr Ribot, 56 rue du Quesnoy », à une date et une heure précises. Elle déchira aussitôt le mot contenant l'adresse, respectant les instructions qu'elle avait reçues.

Il en serait de même pour toutes les missives trouvées dans les confessionnaux.

Pendant quelques semaines, en toute innocence, Amélie fit le tour de toutes les églises de Lille encore debout ; elle portait ensuite le pli à l'adresse indiquée, à des gens qu'elle ne connaissait pas, qu'elle ne reverrait sans doute jamais, en se disant que cela ne correspondait pas du tout à l'idée qu'elle se faisait de l'espionnage… et en espérant que les missions qu'on lui confierait peut-être un jour seraient plus palpitantes.

Ce qu'elle ignorait c'était que les lettres scellées, qui venaient d'un peu partout, contenaient des renseignements importants sur les positions stratégiques de l'ennemi, que leurs destinataires étaient sous surveillance et qu'il leur fallait un porteur lambda dont les risques encourus étaient réels.

Ses missions ne lui laissaient pas beaucoup de répit et la semaine suivante elle fut chargée de déposer un paquet, dans… une poubelle près de l'hôpital Saint-Sauveur, à l'angle que formaient les rues Aristide Briand et Henri Barbusse, un jeudi à 17 heures. Elle l'avait caché sous son manteau-cape et le tenait bien serré contre elle de ses deux mains. Il était lourd. Elle marchait posément au milieu de la foule, repéra la poubelle, regarda autour d'elle, profita du passage du tramway pour y faire tomber le paquet.

Avec tous ces gens autour d'elle, son cœur battit plus vite. Elle repéra un homme adossé à un réverbère qui lisait un journal. Drôle d'endroit pour lire son journal… Elle marcha en direction de l'hôpital et se retourna. L'homme avait disparu. Trop curieuse elle se dirigea à nouveau du côté de la poubelle, y jeta un coup d'œil furtif, le paquet avait disparu. Paisiblement mais le cœur battant, elle continua sa route. Mission accomplie !

Mais la guerre continuait de plus belle. Rien ne semblait pouvoir l'arrêter.

Ces missions qu'on lui confiait servaient-elles à quelque chose ?

« Salauds de boches », annonça d'emblée Léonie en rentrant de la ville, la mine très contrariée. Le dernier Bulletin de Lille se gargarisait outrageusement des dernières nouvelles qu'il publiait.

Elle était atterrée, proche des larmes, qui gagnèrent bientôt les membres de la famille à la lecture qu'elle en fit.

*« Le 16 septembre 1915, Messieurs Jacquet, Deceuninck, Maertens et Verhulst sont passés en conseil de guerre. »*

— Mais ce n'est pas possible, pas Jacquet ! s'exclama Amélie. En Conseil de guerre allemand, on sait bien quel sort les attend ! On le connaît bien Eugène Jacquet, papa, tu te souviens ?

— Oui, je me souviens, un brave homme, négociant en vins, pas loin de chez nous. C'est une infamie, et nous sommes là, impuissants, les bras croisés, à lire leur torchon au coin du feu !

— Y peuvent quand même pas les condamner à mort ? essaya de se rassurer Léonie.

Amélie, tout aussi choquée, se demandait qui avait bien pu les dénoncer ces héros qui avaient fait évader tant de soldats français et anglais.

Le Bulletin suivant confirma les doutes qu'ils avaient sur le sort des quatre hommes. Léonie, la mine grave et la voix cassée par l'émotion, annonça d'un ton solennel :

« Monsieur Jacquet, Monsieur Deceuninck, Monsieur Maertens et Monsieur Verhulst ont été exécutés ensemble, le 22 septembre 1915, à la Citadelle.

Il paraît qu'ils ont crié “Vive la France !” avant d'être fusillés et le matin au réveil, ils ont chanté ensemble le Chant du départ, c'est les prisonniers de la cellule d'à côté qui l'ont raconté. Mais ça, c'était pas dans le bulletin, ça leur aurait fait trop mal à ces salauds d'écrire une si belle chose ! Je l'ai entendu à l'épicerie et là c'est du sûr. »

Léonie en perdait son patois. Et l'hécatombe continuait.

« Y'zon arrêté Louise de Bettignies. Une courageuse celle-là ! Qu'est-ce qu'y vont lui faire ? C'est une femme quand même…

Et ch'est pas fini ! Un jeune homme a été arrêté al' frontière belge pour espionnage. Il a été transféré à Lille, chez nous, Léon Trulin qu'y s'appelle, il n'a que dix-huit ans ! Mon Dieu j'ai peur pour eux… »

Peu après, on apprit que Léon Trulin avait été condamné à mort. Son procès avait été bâclé et bien qu'encore mineur, il avait été exécuté à la Citadelle quatre jours plus tard.

« Il n'avait pas dix-huit ans, ch'tot un gosse ! Qu'y crèvent ces barbares ! » hurla Léonie.

Louise de Bettignies, quant à elle, croupirait en prison, ils n'avaient pas osé l'exécuter. Les habitants du Porche aux Lions étaient atterrés. Monsieur Duhamel décréta une minute de silence ; on n'entendait que des reniflements et des sanglots étouffés.

« Pensons à Léon, pensons à Louise, pensons à Eugène et à ses amis qui ont tant fait pour la liberté ; pensons à tous les autres, ceux qui se cachent, ceux qui œuvrent dans l'ombre pour faire triompher notre pays ! Mes amis, recueillons-nous pour eux », déclara Monsieur Duhamel qui ne pouvait plus retenir ses larmes.

Amélie, bouleversée aussi, se dit qu'elle devrait être encore plus prudente désormais dans les missions qu'on lui confierait.

Mais, curieusement, après l'exécution des membres du Comité Jacquet, elle ne fut plus jamais contactée. Plus tard, elle fit évidemment le rapprochement et comprit qu'elle avait travaillé pour eux pendant toute une année ; cela la rendit fière mais encore plus triste. Elle ne l'avoua jamais à ses parents.

Une fois de plus, le père d'Amélie pestait contre « les boches » qui avaient réquisitionné sa voiture, une superbe Berliet Torpédo qu'il était lui-même allé chercher à Lyon deux ans auparavant. « Ma brasserie, maintenant ma voiture et quoi encore ? Mon pantalon peut-être ? » vociférait-il.

Il se refusait toujours à lire le Bulletin de Lille, cette émanation de l'envahisseur, qui à ses yeux n'avait strictement aucun intérêt.

Il passait une grande partie de son temps à essayer de faire marcher un poste à galène dont il n'obtenait que des chuintements, bourdonnements, grésillements et autres sifflements qui le rendaient fou. Il sortait alors pour cultiver son petit jardin, au moins il en tirait quelque chose.

Léonie, débrouillarde et futée, était toujours volontaire pour sortir et trouver tout ce qui serait bon à ramener. Les commerces de la ville n'avaient que peu de choses à proposer et il fallait faire une queue de deux heures et parfois plusieurs boutiques pour obtenir ici un quart de beurre, là un cul de jambon ou encore ailleurs un peu de fromage, le tout à prix d'or.

Contrairement à Monsieur Duhamel, elle lisait consciencieusement le Bulletin de Lille grâce auquel elle était au courant de toutes les nouvelles locales qu'elle se faisait un malin plaisir à commenter.

Fumant sa pipe, installé en retrait dans son fauteuil, le père d'Amélie écoutait, mine de rien, la lecture à haute voix qu'en faisait Léonie à sa femme pendant qu'elle tricotait ; il avait parfois du mal un réprimer un sourire quand elle y apportait les commentaires dont elle avait le secret.

— Vous savez quoi ? annonça-t-elle un soir, tous les pigeons doivent être mis à mort dans les vingt-quatre heures ! I Y sont dev'nus mabouls ! Ah ! ch'est vrai, y'a des pigeons-voyageurs dressés pour apporter des messages… des pigeons-espions quoi ! C'est p'tet pour cha… Pov' ch'tiotes bêtes… J'dis cha… mais un pigeon aux p'tits pois, j'cracherais pas d'sus !

— Où avez-vous lu cette histoire ? ne put s'empêcher d'interroger Monsieur Duhamel.

— Mais c'est din l'bulletin d'aujourd'hui ! Vous devriez l'lire M'sieur, on apprend plein d'choses ! L'pire c'est qu'en Belgique, pas loin d'ici, un mineur a même été fusillé parce qu'y possédait des pigeons-voyageurs, ça c'est grave quand même ! ils sont dev'nus complètement babaches ! Quand j'en vois un, j'uis crache dessus !

— Surtout pas Léonie, on vous arrêterait et vous finiriez en prison !

— Vous avez raison, mais c'est pas possib' d'supporter tout cha en s'taisant ! Et y'a pas qu'ça, même si cha vient pas des boches ! L'Président du conseil Mr Viviani, nous a réservé une affiche.

« Aux femmes françaises » qu'elle s'appelle, l'affiche. Je l'ai vue, de mes yeux vue ! Dessus c'est écrit « Debout ! À l'action, au labeur ! » et il dit qu'il faut qu'on fasse le travail des hommes vu qu'ils sont tous partis à la guerre ! J'peux quand même pas dev'nir garagiste ! Si les Français s'y mettent aussi, duss qu'on va aller !

Et en plus y paraît qu'on n'a plus l'droit d'écrire c'qu'on veut. Les courriers s'ront surveillés pour empêcher l'défaitisme… qu'y disent les boches ! Tu parles si on les croit ! Vinguète, y nous prennent pour qui ?

Avec ce lot d'informations à digérer, la nuit s'annonçait difficile pour le père d'Amélie.

En plus de leurs liens professionnels, des liens d'amitié se tissaient entre Amélie et Vic – c'est ainsi que désormais elle appelait Victorine – lui dit avoir un amoureux, Édouard, auquel elle tenait beaucoup et rêvait d'avenir avec lui. Il avait été mobilisé dès le deux août 1914 et n'était pas rentré depuis.

C'est à l'occasion de travaux à faire sur la toiture de l'école qu'elle avait fait sa connaissance, Édouard Demaison, plombier-zingueur de son état.

C'était un homme grand et solide aux traits réguliers, le cheveu ras, l'œil foncé et la moustache drue. En réparant le toit, il se blessa la main qui saignait abondamment ; c'est Victorine qui le soigna avec la trousse de premiers secours de l'école.

Il la trouva fraîche et jolie, habile de ses mains et douce, très douce. Leurs regards s'accrochèrent et dirent beaucoup du trouble qui les avait saisis. Renouveler le pansement chaque jour devint d'une absolue nécessité qui dura plus que de raison ; ils se plaisaient, se parlaient, échangeaient des commentaires sur les bruits de guerre qui couraient, en plaisantaient même, n'y croyant pas.

Un premier baiser fut échangé, timide, puis un deuxième plus hardi et ils comprirent très vite qu'ils étaient faits l'un pour l'autre. Pourquoi tarder à s'aimer à une époque où les lendemains devenaient si incertains ? Ils s'aimèrent.

Mais la mobilisation générale les sépara trop vite et ne leur laissa pas le temps de se marier comme ils le souhaitaient.

Confidence pour confidence, Amélie lui dit enfin qu'elle était mariée.

« Vous, mariée ? Victorine était stupéfaite. Mais vous êtes si jeune ! Depuis quand, avec qui, où est votre mari ? Au front, j'imagine ! Pauvre enfant. Pourquoi ne portez-vous pas d'alliance ? »

Elle lui donna quelques réponses plus ou moins vraies pour apaiser sa curiosité mais sans aller plus loin dans ce qu'il en était réellement.

La vérité sur son couple était indicible.

Devant l'entrée de l'hôpital devant lequel Amélie passait pour rentrer chez elle, plusieurs ambulances venaient d'arriver toutes sirènes enclenchées. Des infirmières, des brancardiers se précipitaient, sortaient des blessés des véhicules dont certains hurlaient, avant de les rentrer dans l'hôpital. Des médecins venaient au-devant d'eux et pratiquaient déjà des premiers soins sur place.

Amélie restait pétrifiée devant ces scènes et ne put bouger jusqu'à ce que le dernier blessé ait été pris en charge. Quand elle reprit ses esprits, elle marcha jusqu'à la porte de l'hôpital et mue par quelque chose qu'elle ne contrôlait pas, elle demanda si elle pouvait apporter son aide à la première infirmière qu'elle rencontra. « Vous êtes médecin ? » lui demanda celle-ci ; « Non, loin de là, mais j'ai suivi une formation de secouriste à la Croix Rouge et je sais faire des pansements et des piqûres », répondit-elle. « Attendez là, je vais aller demander ». Il régnait dans cet hôpital une atmosphère de fin du monde.

Quelques instants après, elle était de retour et lui demandait de la suivre, ce qu'elle fit en se disant qu'elle était folle de se fourrer dans ce chaos.

Un grand type bourru et masqué lui dit qu'effectivement des bras supplémentaires étaient les bienvenus avec tous ces soldats blessés qui arrivaient du front. « Vous n'avez pas peur du sang et de vous évanouir ? Autrement vous ne me seriez qu'une charge supplémentaire ! »

Amélie lui assura que non. Il lui donna une blouse blanche, une coiffe et la pria de mettre un masque, puis elle le suivit dans un dédale de couloirs jonchés de civières sur lesquels geignaient des blessés ensanglantés.

Le médecin s'arrêtait auprès de chacun d'eux, les examinait et disait à Amélie ce qu'elle devait faire d'urgence « Lavez cette plaie, désinfectez-la, donnez-lui à boire, coupez la manche de sa veste je n'y vois rien, bandez-lui la main, ôtez sa chaussure ! »

Et Amélie faisait. Sans haut-le-cœur. Sans répugnance. Après deux heures de ces tout premiers soins, le médecin savait qui devait être opéré d'urgence et il appela une infirmière pour lui indiquer lesquels emmener dans la salle d'opération.

Il était debout devant elle, se tenant les reins de ses deux mains en se forçant à redresser sa grande carcasse. Il enleva son masque.

— Ce sont vos débuts Mademoiselle ? Vous vous en sortez pas mal, vous savez ! Calme, précise, efficace, trois excellentes qualités pour une infirmière débutante !

Il l'observait avec intensité tout en remplissant une pipe de tabac blond qu'il porta à la bouche sans l'allumer.

Intimidée, elle se sentit rougir, avoir chaud et bafouilla « Je ne suis pas infirmière, je fais seulement de mon mieux… »

Sa coiffe avait glissé révélant sa chevelure. « Mais vous êtes un vrai soleil ! Quel dommage qu'il faille cacher de si beaux cheveux… mais l'hygiène l'exige ». Il replaça la coiffe et Amélie se sentit horriblement gênée.

Gênée et troublée. Gênée parce qu'elle n'avait pas rectifié quand il l'avait appelée « Mademoiselle », et troublée par ce geste d'une grande douceur qu'il avait eu en lui replaçant sa coiffe.

— Expliquez-moi comment vous avez eu l'idée d'entrer ici pour venir nous aider ? Ce n'est pas banal par les temps qui courent ! On m'a dit que vous aviez suivi une formation à la Croix Rouge, vous voudriez aller plus loin et devenir infirmière ?

— Non pas du tout ! Je suis institutrice à l'école Jules Ferry ! Je ne sais pas ce qui m'a poussée à entrer ici, j'ai vu toutes ces ambulances, j'ai entendu tous ces cris, j'ai suivi mon instinct, je crois… c'est aussi simple que ça…

Il l'écoutait avec attention et ses grands yeux sombres et profonds l'examinaient avec une bienveillante surprise. Il est beau pensa Amélie. Elle éprouvait quelque chose d'étrange. Il lui demanda alors si elle pouvait revenir le lendemain. Oui, après la classe, comme aujourd'hui, je pourrai. Alors je vous attendrai. À demain, Made… quel est votre prénom ?

— Amélie.

— Moi, c'est Aurélien.

Il la salua et tourna les talons en direction de la salle d'opération.

Elle se décida enfin à partir ; il lui semblait flotter dans l'air plutôt que marcher. C'était une sensation très agréable. Toute la soirée, elle pensa à Aurélien. Joli prénom se dit-elle, comme celui de l'empereur romain…

C'est alors que Louis revint en permission.

Rentrant de l'école, c'est dans le salon de leur appartement qu'Amélie le trouva installé sur le sofa. À sa vue, elle resta interdite et son cœur se mit à battre à tout rompre.

« Ah ! vous voilà ! Mais où étiez-vous donc ? Ma chère, je vois que je vous fais toujours le même effet, cela me rassure ! » ironisa-t-il. « Vous me croyiez mort peut-être ? Jamais vous ne m'avez écrit… je vous en ai voulu… mais vous allez me faire oublier tout ça… n'est-ce pas ? »

Même amaigri, il n'avait rien perdu de sa superbe ni de sa détestable arrogance. Amélie ne parvenait pas à articuler le moindre mot. Quand il se leva pour venir vers elle, elle recula.

« N'ayez crainte, je ne vais pas vous manger… et pourtant je meurs de faim ! Vous n'avez rien à offrir à un pauvre soldat en permission si heureux de retrouver sa petite femme ? » Il s'avança encore vers elle jusqu'à ce qu'elle se trouve contre un mur. « Vous avez l'air fatigué ma chère, vous vous amusez trop ! Les Allemands sont des gens charmants n'est-ce pas ? »

Il avait placé ses mains contre le mur de chaque côté d'elle la tenant ainsi prisonnière.

« Mais on dirait que je vous fais peur ! Ai-je à ce point changé ? Il est vrai que j'aurais besoin d'un rasage de près et d'un bain… voulez-vous m'en faire couler un ? »

Il écarta un de ses bras et Amélie se dirigea vers la salle de bains, sans dire un mot. Elle ouvrait les robinets de la baignoire quand elle le sentit derrière elle :

« Votre croupe est toujours aussi attirante ma chère et vous allez me faire faire des folies ! Ah ! J'y pense : n'essayez pas de vous enfuir, j'ai mis les clés en lieu sûr… Pendant que je me baigne voudriez-vous avoir l'obligeance de me préparer un petit en-cas, de dénouer vos magnifiques cheveux et de revêtir ce négligé de soie que vous portiez à Venise, vous vous souvenez ? »

Si elle se souvenait ? Venise ! Oublie-t-on les pires cauchemars ? Elle pensa s'enfuir mais le couvre-feu le lui interdisait. Et où serait-elle allée ? Chez ses parents ? Impensable, ils ignoraient tout de l'état de leurs relations conjugales et elle ne voulait pas les inquiéter davantage. À elle de se débrouiller.

Se souvenant de son goût pour l'alcool, c'est une vieille bouteille de genièvre gardée dans le fond du buffet de la salle à manger qui l'aida. Pourvu qu'elle y soit encore. Vérification faite, elle était toujours là et pas encore débouchée. Cela l'encouragea à préparer un repas avec ce qu'elle avait dans le placard de la cuisine : un reste de potage fait avec les légumes de son père, une boîte de sardines, deux œufs et deux tranches de pain noir rassis qu'il suffirait de passer au four pour qu'il redevienne mangeable. On n'attrape pas les mouches avec du vinaigre.

Sortant de la salle de bain il s'écria en voyant la table mise : « Mais c'est un festin que vous m'avez préparé ! » et, apercevant la bouteille de genièvre, il ajouta « Vous me gâtez ! Et d'où sort cette bonne bouteille ? » Amélie réussit à articuler « Je la gardais pour une occasion comme celle-ci, en voulez-vous un verre ? » « À condition que vous trinquiez avec moi ! »

Amélie remplit deux verres et lui en tendit un qu'il vida d'un trait. Elle ne toucha pas au sien. Louis se resservit plusieurs verres pendant le repas allant jusqu'à vider la bouteille sous le regard satisfait d'Amélie. Quand elle l'estima suffisamment ivre pour n'être plus dangereux, elle l'aida à se diriger vers la chambre où il s'écroula sur le lit en marmonnant des mots inaudibles avant de sombrer dans un sommeil profond.

« Sauvée pour cette nuit », se dit Amélie.

Elle s'installa sur le sofa du salon et essaya de dormir pour faire face à cette brute le lendemain.

La nuit était encore profonde lorsque, somnolente, elle vit Louis en robe de chambre qui se tenait debout devant elle, l'observant un sourire ironique au coin des lèvres. « Ainsi vous fuyez le lit conjugal ? »

Il la prit brutalement par le bras et l'entraîna vers la chambre à coucher. Amélie eut à subir ses assauts et seul comptait l'assouvissement de ses besoins sexuels attisés par l'abstinence des derniers mois.

Malgré ses supplications, il lui interdit de se rendre à l'école le lendemain. « Vous n'y pensez pas ! Votre devoir est ici, près de moi ! À propos, j'ai un ballot de linge très sale, pouvez-vous le laver ? Je vous en remercie par avance. »

« Je ne laverai pas votre linge, je ne suis pas votre bonne ! »

« Non mais vous êtes ma femme et vous me devez obéissance ! »

Fou de rage il renversa des fauteuils, la table et leva la main sur elle. Elle s'esquiva, mais de peur d'autres représailles céda et se mit à la lessive.

La permission de son tortionnaire durait quarante-huit heures. Quarante-huit longues heures.

Il partit enfin après avoir avalé un autre repas et l'avoir gratifiée d'un cynique baiser sur le front. « Je ne sais pas quand je reviendrai, mais je reviendrai, à bientôt donc, ma chère. Je vous rends les clés, faites-en bon usage ! »

Elle ferma le verrou à double tour derrière lui et se précipita dans la salle de bain pour se laver et se laver encore, changer les draps, remettre de l'ordre dans les pièces que les colères de Louis avaient saccagées. Puis elle s'écroula, en larmes, n'ayant que Lisbeth à qui raconter ce qu'elle venait de vivre.

Malgré ce qu'elle avait subi, elle se rendit à l'école ne sachant que dire à Victorine de son absence de deux jours.

— Où étiez-vous passée ? J'étais folle d'inquiétude !

— Excusez-moi Victorine, mon mari a eu une permission imprévue et….

— N'en dites pas plus, je comprends ! J'espère que vous en avez bien profité !

Cette dernière réflexion était plutôt teintée d'amertume que de bienveillance, elle le sentait bien. Elle eut envie de se confier à celle qui était en train de devenir une amie, mais se plaindre d'un mari trop ardent à une femme dont le fiancé bien aimé était au front lui parut indécent ; elle se tut.

Elles firent classe ensemble mais Amélie n'était pas vraiment présente ; elle pensait à Aurélien qui avait dû l'attendre inutilement à l'hôpital et probablement penser qu'elle n'avait pas beaucoup de suite dans les idées.

Après la classe, Amélie se rendit à l'hôpital où elle demanda « Aurélien ».

— Aurélien qui ?

— Je ne connais pas son nom de famille, il est médecin.

— Ah ! Aurélien Delattre ! Il est en salle d'opération et c'est pas le moment de le déranger !

Amélie repartit déçue mais elle reviendrait le lendemain d'autant que maintenant elle connaissait son nom.

Elle revint plusieurs jours de suite sans succès et elle se décida à lui laisser un mot.

*Docteur,*

*Je suis désolée de n'avoir pu être là le lendemain de notre rencontre, pour des raisons indépendantes de ma volonté. Je suis revenue plusieurs fois depuis mais je n'ai pas pu vous voir. Je voudrais vous aider à nouveau si vous pensez que j'en ai la capacité et je me présenterai chaque jour, à partir de 17 heures, à l'entrée de l'hôpital.*

*Amélie*

Avant de rentrer chez elle, Amélie passa chez ses parents. L'hiver s'annonçait et il commençait à faire froid. Elle fut accueillie par Léonie qui d'emblée lui déclara :

« On gèle ! Ma copine Marcelle m'a dit d'faire comme elle et d'poser du papier journal sous ma p'tite laine. C'est vrai qu'j'ai plus chaud ! Ou plutôt moins froid… Vous devriez en faire autant ! Au moins, l'Bulletin de Lille y servira à que'que chose ! Vous prindrez ben un' gout' ed'jus, y'en a du tout frais ? »

Ne laissant pas à Amélie le temps de répondre mais tout en lui servant une tasse de ce qui ressemblait à du café, elle enchaîna, commençant toujours ses déclarations par son sempiternel « Vous savez quoi ? »

« Vous savez quoi ? J'ai une touche avec un soldat allemand… il est biau comme un dieu, mais c'est un allemand… Y faut pas que j'me laisse prendre à ses "Cholie Matmoizelle ou Ichelibediche" ! Un boche ? jamais ! Mais faut quand même dire qu'à Lille y'a plus qu'des vieillards et des mutilés… commin qu'j'vas m'trouver un mari ? »

Amélie eut beaucoup de mal à réprimer un fou rire, cette Léonie était un phénomène dont la famille aurait du mal à se passer désormais. D'ailleurs, son père et sa mère ne juraient que par elle, Léonie par-ci, Léonie par-là….

Ils dînèrent tous les quatre ; sa mère avait fait une soupe au chou bien épaisse avec les légumes du jardinet de son père et Léonie – toujours Léonie – avait trouvé, à prix d'or mais une fois n'est pas coutume, du lard fumé pour l'améliorer. Un repas roboratif et bienvenu.

Amélie trouva que ses parents se portaient bien et tant que son père pestait contre l'ennemi c'était bon signe et d'ailleurs il ne tarda pas à se laisser aller à les fustiger.

— Tu sais ce que Léonie a lu dans le Bulletin du deux décembre ? Que l'autorité allemande signale à la Municipalité que le nettoyage et le balayage des rues laissent à désirer, spécialement les trottoirs qui sont fréquemment souillés par les ordures des chiens et que son Excellence exige que des mesures soient prises pour faire cesser cet état de choses. Des punitions seront infligées à la Ville si on n'y remédie pas de suite ! Voilà qu'ils se mêlent aussi de nos trottoirs et de nos chiens ! Pourquoi pas proposer tout de suite l'euthanasie ! Son Excellence, Son Excellence, je n'en peux plus de Son Excellence ! Qu'il retourne dans son pays Son Excellence si nos trottoirs ne sont pas assez bien pour lui !

Et en plus, ils vont réquisitionner les bicyclettes ! Je t'interdis de leur donner la tienne Amélie ! Tu m'entends ? Cache-la ! Pourquoi pas ton landau de poupée, ta trottinette et tes patins à roulettes ! Mais attends, ce n'est pas le pire ! Ils vont aussi réquisitionner les matelas, même ceux des hôpitaux… c'est une honte !

Le visage de Monsieur Duhamel était devenu cramoisi. Sa femme intervint « Je t'en prie, calme-toi, tu vas nous faite une attaque d'apoplexie ! ». Léonie renchérit « Z'allez quand même pas mourir pour ces babaches ! Y z'en valent pas la peine ! ».
Il se calma quand Amélie lui prit la main.
Mais elle dut interrompre la soirée pour rentrer chez elle avant le couvre-feu.

Une fois dans son appartement, elle prépara les leçons du lendemain qui porteraient sur les lettres à envoyer aux soldats des tranchées et en écrivit quelques modèles.

Puis elle se pelotonna dans son lit et ses pensées n'étaient pas loin d'Aurélien… Elle irait de nouveau à l'hôpital le lendemain, en espérant qu'on lui ait donné sa lettre.

Le lendemain, à 17 heures tapantes, Amélie arriva devant l'hôpital. Il était déjà là. Son cœur se mit à battre plus vite et plus fort.

— Bonjour Amélie, dit-il en lui tendant la main.

— Bonjour… Aurélien.

— On m'a remis votre lettre. Ainsi, vous avez eu des empêchements l'autre jour ? Je vous ai attendue ! Et le lendemain aussi. Je ne veux pas être indiscret et en plus vous ne me devez rien, même pas d'explication ! C'est seulement pour vous dire que je me suis inquiété, en ces temps tout peut arriver, et si vite… Mais vous me semblez aller bien ?

— Oui, merci. Je suis désolée pour le rendez-vous manqué. Aurez-vous encore besoin de moi à l'hôpital, malgré mon inexpérience ?

— Oui, bien sûr, toutes les bonnes volontés nous sont d'un grand secours ! Pourtant nos infirmières sont dévouées et compétentes, mais épuisées… cela n'arrête pas, les blessés, les morts, les amputations, les familles déchirées, cette guerre est abominable. On n'a plus d'anesthésiques, même plus d'éther, plus d'antalgiques… c'est de la boucherie. Et l'hiver qui arrive… c'est à devenir fou. Aurez-vous le courage de revenir dans de telles conditions ?

— Je peux toujours essayer, il m'est plus pénible de ne pas pouvoir aider ceux qui en ont besoin !

— Mais vous aidez déjà les enfants de l'école, c'est énorme !

— Ce n'est pas assez !

— Vous êtes sûre de vous ? Alors, suivez-moi.

Elle le suivit. Il faisait froid. Des braseros avaient été installés ici et là qu'il fallait entretenir. « Une tache à ma portée », se dit Amélie. Ils passèrent entre les rangées de lits ; elle donna à boire aux blessés en soulevant doucement leur tête, « une chose que je peux faire aussi », constata-t-elle encore ; elle remit un bandage en place, replaça une jambe sous une couverture, dit un mot d'encouragement à un soldat qui pleurait.

« Vous voyez tout ce vous pouvez faire Amélie ! Apporter de l'humain ! Nous les soignants nous n'avons pas le temps pour ça ! » l'encouragea Aurélien.

Pendant des semaines, Amélie revint à chaque fin de journée après sa classe et, inlassablement, aidait les blessés et leur apportait un peu d'humanité et de chaleur. Aurélien la remerciait à chaque fois et admirait son courage et son abnégation.

Aurélien lui sembla étrange quand elle arriva à l'hôpital ce jour-là. L'air grave, il lui dit d'emblée : « Je dois vous parler ; pouvez-vous me rejoindre ce soir, derrière le kiosque du square ? »

Que ne pouvait-il le faire là où ils se trouvaient ?

Peu importait, elle le retrouva, après les soins aux blessés, dans le square, en face de l'hôpital. Il avait jeté un manteau d'officier sur ses épaules et il lui sembla encore plus grand. Tout en triturant une pipe éteinte, Il lui proposa de marcher dans la nuit d'hiver.

— Amélie, pardonnez mon audace, mais je dois vous faire un aveu. Depuis que je vous connais, depuis que je vous fréquente, que je vous vois à l'œuvre à l'hôpital, votre visage, votre regard, votre voix ne me quittent pas et j'éprouve un tendre sentiment pour vous ! Je vous supplie de croire que je ne suis pas un de ces hommes coureurs de jupons, mais la vie et si courte, si pleine de dangers, peut-être serons-nous bientôt écrasés sous des ruines et je ne voudrais pas ne pas vous avoir fait cet aveu… Me comprenez-vous ? M'en voulez-vous ?

Le choc de cette déclaration la laissa sans voix quelques instants et c'est très troublée qu'elle lui répondit en plongeant ses yeux dans les siens.

— Pourquoi vous en voudrais-je ? Pour être aussi honnête que vous, je dois vous avouer que moi aussi je pense à vous souvent. Mais je n'ai pas le droit… vous ne le savez pas mais je suis mariée. Mal mariée mais mariée.

Voilà, c'était dit. Comment allait-il réagir ? Il se tut un long moment.

— Je ne pouvais pas m'imaginer une telle chose, vous semblez si jeune… et vous ne portez pas d'alliance… mais vous avez ajouté « mal » mariée…

— Oui, je suis mal mariée et jamais je ne pourrai me libérer de lui !

— Le divorce existe pourtant !

— Vous ne le connaissez pas, il n'acceptera jamais.

— Il est brutal avec vous ?

Silence d'Amélie.

— Il y a des lois, vous savez !

— Tout cela est si compliqué… si soudain…

— Je vous laisse tout le temps dont vous aurez besoin, mais ne renoncez pas tout de suite, je vous en prie !

— Je dois réfléchir, je suis trop troublée pour vous répondre ce soir…

— Alors demain ?

— Je ne sais pas.

— Après-demain ?

— Je ne sais pas non plus…

Une sirène retentit alors. Encore une ambulance. Aurélien devait partir.

— Je vous attendrai ! lui lança-t-il en courant vers l'hôpital.

Amélie se retrouva seule, bouleversée, désespérée. Elle n'avait pas le droit de répondre à cet amour naissant. Elle était liée à jamais à Louis. Mais elle était amoureuse, elle devait bien se l'avouer. Amoureuse ? Déjà ? Encore ? Ne s'était-elle pas dit que l'amour c'était fini à jamais pour elle ?

Elle se dirigea vers son appartement, abattue, triste, le cœur en cendres.

Elle commença à écrire dans son cahier, à Lisbeth, mais ce soir-là, après quelques lignes sans intérêt, elle lança son journal à travers la pièce en hurlant « Tu ne me sers à rien ! Je suis seule, seule, seule, la vie est finie pour moi ! »

Le lendemain, le surlendemain aussi, toute la semaine, elle fit un détour pour ne pas passer devant l'hôpital. Elle ne dormait plus, ne se nourrissait presque plus.

Victorine s'inquiétait pour elle et enfin, à bout de chagrin, Amélie se confia à elle et lui raconta tout ce qu'il y avait à dire sur sa situation.

Victorine vivait son récit, gémissant aux passages les plus cruels, lui tenant les mains, se mouchant, lui essuyant les yeux, essuyant les siens dans le même mouchoir.

Quand Amélie se tut, elles étaient dans les bras l'une de l'autre. Victorine ne sut que lui dire « Ma pauvre petite, jamais je n'aurais imaginé tout ce que tu vis… mais tu sais, il ne faut pas rejeter l'amour qui se présente. Tu n'as pas à respecter la parole que tu as donnée à un homme qui te fait tant de mal, fût-il ton mari ! Va où ton cœur te porte et si c'est Aurélien, dis-le-lui, n'attends pas, demain on peut mourir sous les bombes, il a raison ! »

C'est Aurélien qui, au bout d'une semaine, vint l'attendre à la sortie de l'école. Il s'était posté sur le trottoir d'en face. Elle le vit tout de suite et se figea sur place. Il traversa la route et vint vers elle : « Pardon, il fallait que je vous voie, je vais bientôt partir. Je voulais juste vous dire que j'ai compris que je n'avais aucune chance et que je ne vous en veux pas ».

Amélie s'était ressaisie et n'avait entendu que « je vais partir ».

— Mais partir où ? Où peut-on aller en ce moment, la guerre est partout !

— Je dois vous parler, pouvons-nous trouver un endroit tranquille ?

— Venez dans ma classe, il n'y a plus personne.

Il la suivit dans l'école. Arrivés dans sa classe, Amélie répéta « Vous allez vraiment partir ? »

— Oui, Amélie, je veux aller me battre, il faut que cette guerre abominable finisse !

— Mais c'est de la folie ! Vous allez vous faire tuer ! Vous êtes beaucoup plus utile ici, à l'hôpital ! Et si je vous demandais de ne pas le faire ?

— Je compte donc un peu pour vous ?

— Oui ! Je ne pense qu'à vous depuis des semaines !

Foudroyée par cet aveu, elle se retrouva dans ses bras et il lui couvrait le visage de baisers.

— Nous ne pouvons pas rester ici, quelqu'un peut venir… J'habite seule dans un appartement, venez m'y rejoindre, il faut que nous parlions, j'ai beaucoup de choses à vous dire !

— Donnez-moi votre adresse et je vous y retrouve !

Arrivée avant lui, Amélie mit un peu d'ordre dans ses cheveux ; Aurélien ne tarda pas et sonna à la porte de l'immeuble qu'elle lui ouvrit aussitôt. Dans l'appartement, elle le mena jusqu'au salon. Debout, face à face, il enferma ses mains dans les siennes. Elle lui sourit, d'une pauvre petit sourire perdu. « Asseyons-nous je dois tout vous dire, il est important que vous sachiez tout de moi avant d'aller plus loin. »

Elle commença alors à parler de Louis, d'elle, de leur mariage, les yeux baissés, d'une voix qui se brisait par instant.

Il l'écoutait intensément, ne pouvant réprimer quelques exclamations à certains moments du récit. Enfin, elle se tut et leva les yeux vers lui. Dans les siens, elle ne vit que compassion et amour. Il la prit dans ses bras et la berça tendrement, longtemps, comme une petite fille blessée.

Il continua à venir certains soirs et ils parlaient, parlaient comme pour exorciser tout le malheur, et, doucement, elle s'ouvrit à lui et ils devinrent amants.

Dans ses bras, Amélie apprit que l'amour peut être beau, doux, tendre, partagé et respectueux.

La vie à ces instants leur était légère et ils apprenaient à se connaître.

— Vous savez tout de moi et je ne sais rien de vous ! Même pas d'où vous venez ! lui dit-elle un jour, joyeusement.

— Pas de bien loin… Je suis né à Berlaimont, un village dans l'Avesnois ; nous y avons une ferme… mon père m'a appris à pêcher dans la Sambre et au bout de nos pâtures il y avait un ruisselet, le Petit Rieu ; au printemps, j'adorais y chercher des têtards ! J'aimerais vous y emmener…

— Mais vous m'y emmènerez ! C'était une ferme avec des vaches ?

— Oui, un vrai troupeau de vaches ! Et pas seulement des vaches, des moutons, des lapins, des poules aussi… Quel travail… pour mes parents d'abord et ensuite pour mes trois frères et moi ...

— Trois frères ? Vous étiez donc quatre garçons ? Vos parents sont encore en vie ?

— Oui, ils sont encore en vie et toujours dans la ferme. Ma pauvre mère avec ses quatre garçons… elle en a fait des lessives et des soupes ! Quand on rentrait de l'école, on ne se demandait pas à quoi s'occuper ! Moi ce que je préférais c'était soigner les animaux. Je crois que c'est ce qui m'a donné envie d'être médecin ou chirurgien, docteur…

— Mais comment fait-on pour suivre des études aussi longues dans ces conditions ?

— C’est une longue histoire et je vous la raconterai un jour, c’est promis.

— Non, maintenant s’il vous plaît !

— Vous êtes adorable… Oui, c’était compliqué mais mes parents étaient d’accord et ils ont fait tout ce qu’ils pouvaient pour m’aider. Après l’école primaire, à quatorze ans, je suis venu à Lille chez une vieille tante qui m’hébergeait pour pouvoir continuer à étudier et passer mon baccalauréat pour ensuite entrer à la Faculté de médecine. Je travaillais à côté pour l’aider à subvenir à mes besoins, et j’ai fait des tas de petits boulots, chez un garagiste, chez un cafetier, à l’usine, sur des chantiers, rien ne me coûtait, je voulais être médecin et rien d’autre… Mais Amélie, maintenant je dois vraiment vous quitter, demain je dois opérer très tôt et il faut que je dorme !

Un soir, Aurélien, le visage grave, voulut lui parler « sérieusement ».

« Vous savez quelle horreur de guerre nous vivons. Des centaines de blessés arrivent du front chaque jour. Toujours les mêmes scènes de désolation, ces pauvres gens qui souffrent, le froid, la faim, on ne voit pas la fin de ce martyre, la fin de cette guerre absurde. Il faut que ça s'arrête ! Depuis quelques mois, je fais partie d'un réseau de résistance, je ne vous dirai pas lequel, moins vous en saurez, mieux ce sera pour vous. Je vous avais dit que je voulais partir… et je vais partir bientôt pour une opération qui peut être importante pour la fin de la guerre mais qui peut durer. Je dois le faire Amélie, je le dois, ma conscience ne serait pas tranquille si j'y renonçais. Je vous demande de retourner habiter chez vos parents pendant mon absence, vous y serez à l'abri. Et surtout continuez d'enseigner, il ne faut pas éveiller les soupçons. »

Devant sa détermination, Amélie comprit que rien ne le ferait changer d'avis. D'ailleurs, elle ne le voulait pas. Elle le remercia de sa confiance et lui dit toute sa fierté de savoir qu'il faisait partie de ceux qui se battaient clandestinement pour la liberté. Mais elle ne lui avoua pas qu'elle en avait fait autant de son côté, à une moindre échelle sans doute, le silence était la règle. « Dites-moi seulement si vous courez de graves dangers ! Je ne veux pas vous perdre ! »

« Vous ne me perdrez pas, à présent je sais ma vie précieuse grâce à vous… mais je vous répète que moins vous en saurez, mieux ce sera pour vous… faites-moi confiance, je vous aime. »

Amélie ne changea rien à sa vie et ne s'était pas encore résignée à quitter son appartement. Elle se rendait à l'école chaque jour tant elle savait sa mission auprès des enfants importante. Avec Victorine, elles entreprirent des ateliers de tricot d'écharpes pour les soldats du front. Les petites filles avaient pillé les réserves de vieux tricots dans leurs familles et apprirent à les détricoter et à en faire de grosses boules de laine multicolore qui deviendraient de chaudes écharpes. Leurs institutrices avaient trouvé des aiguilles à tricoter dans une mercerie de la ville encore ouverte et elles leur enseignèrent le point mousse, le plus facile pour des jeunes mains inexpérimentées. Pendant qu'elles tricotaient, aidées par Victorine, Amélie leur lisait des contes de Charles Perrault, des frères Grimm, de Hans Christian Andersen, des fables de La Fontaine après les avoir choisis avec soin pour ne pas les rendre tristes.

Ce jour-là, Victorine lui fit signe qu'elle avait quelque chose d'important à lui dire pendant la pause du déjeuner et c'est impatiente qu'Amélie la retrouva dans la cuisine, à réchauffer leurs gamelles pendant que les enfants mangeaient une platée de lentilles livrée par la mairie.

— Je te donne en mille ce qui m'arrive ! lui annonça Victorine dont le visage rayonnait.

— Je donne tout de suite ma langue au chat, je suis trop impatiente, dis-moi vite !

Il s'agissait d'Édouard, son promis. Après un an de guerre d'où il n'était revenu qu'une fois en permission, ses lettres étaient rares et de plus ouvertes par des mains ennemies où il écrivait que tout allait bien, évidemment, sinon elle n'aurait pas eu le courrier, mais elle le savait en vie, du moins à la date où il avait écrit.

Mais aujourd'hui, elle venait de recevoir une lettre du front dans laquelle il la demandait… en mariage et un mariage plutôt spécial.

Il lui expliquait qu'une loi venait d'être votée qui offrait aux militaires mobilisés de pouvoir se marier sans obligation de présence, un mariage par procuration !

*« Tu m'es plus chère que tout, ma Victorine, je n'ai que toi sur cette terre, je peux mourir à tout instant avec cette maudite guerre, dis-moi oui, je t'en prie, ce serait une manière pour moi de te protéger à distance, je veux que tu sois ma femme, ma petite femme que j'aime de tout mon cœur ».*

Ce qu'il ne disait pas c'est que ce mariage permettrait à Victorine, devenue sa femme légitime, de percevoir une allocation journalière de plus d'un franc, ce qui n'était pas négligeable en ces temps difficiles et qu'il possédait une maison construite de ses mains dont Victorine hériterait, « s'il lui arrivait quelque chose ».

— Tu vas accepter j'espère ! s'exclama Amélie

— Bien sûr ! Un mariage comme ça, c'est inattendu et puis on se mariera à l'église quand il rentrera… et tu seras ma demoiselle d'honneur ! Je suis si heureuse…

Effectivement, Victorine, bouleversée et émue aux larmes à la lecture de la lettre, n'avait pas hésité une seconde. Elle désirait plus que tout s'engager elle aussi vis-à-vis de lui et, pour eux, le mariage était la plus belle preuve d'amour.

Il ne fut plus alors question que de papiers, d'état civil, d'autorisations de toutes sortes, la loi n'ayant pas simplifié les choses.

C'est ainsi que Victorine devint Madame Demaison. La première mariée de Lille par correspondance !

Elle vint fêter cet évènement au Porche aux Lions ; les parents d'Amélie l'avaient adoptée depuis qu'elle s'était liée avec leur fille. Ils lui posèrent de nombreuses questions et Victorine se livra un peu.

Fille de mineur, elle avait passé sa jeunesse dans un coron. En tant qu'aînée, elle aidait beaucoup sa mère à la maison et avec ses six frères et sœurs l'ouvrage ne manquait pas ; cela ne l'empêchait pas de fréquenter l'école assidûment.

À quatorze ans, elle obtint son certificat d'études primaires avec une note plus qu'honorable qui fit la fierté de ses parents. La scolarité n'était plus obligatoire pour elle désormais, mais elle aurait bien aimé aller plus loin ; que pouvait faire une jeune fille de sa condition comme études ? Elle aurait voulu devenir institutrice. Celle qui l'avait suivie pendant sa scolarité, Mademoiselle Irène, savait qu'elle en était capable et le soir, alors qu'elle travaillait pendant la journée comme serveuse dans un bistrot pour ramener un peu d'argent à la maison, elle lui donnait des leçons pour lui permettre d'aller jusqu'au brevet qui pourrait lui ouvrir les portes de l'école. Elle l'obtint après deux années et elle vint montrer triomphalement son diplôme à Mademoiselle Irène à qui elle le devait en partie et elles pleurèrent de joie dans les bras l'une de l'autre. Elle fut d'abord nommée institutrice stagiaire. Après quelques années, elle fut titularisée et devint fonctionnaire.

C'était la première fois qu'elle parlait d'elle aussi longtemps.

« Bravo ! s'exclama Léonie en claquant des mains, j'aurais ben voulu que queq'chose comme cha m'arrive ! Au moins, j'auros eu du boulot pour tout' ma vie ! Mais j'avos pas l'tiête à faire des études, j'ai jamais su aligner trois chiffres ! »

Le temps passait, Amélie n'avait reçu qu'une lettre d'Aurélien d'une affligeante banalité en raison de la censure mais elle le savait en vie… Ce soir-là, elle rentra très tard chez elle fourbue ; la journée à l'école avait été épuisante, les enfants étaient nerveux, tendus, inquiets et il avait fallu beaucoup de patience aux institutrices pour les apaiser. Elle se coucha sans même prendre le temps de manger et s'endormit aussitôt.

En pleine nuit, elle fut réveillée brutalement par un bruit qu'elle ne parvint pas à identifier. Quelques instants plus tard, Louis était devant elle, au pied du lit. Ivre de toute évidence. Avant qu'elle ait pu faire un geste, il avait arraché les couvertures et les draps.

En un bond, elle fut hors du lit bien décidée à ne pas se laisser faire, elle le bouscula au passage et il tomba en vociférant, empêtré dans le couvre-lit de satin.

Elle en profita pour sortir de la chambre après avoir saisi ses habits au passage, et fermé la porte à clé.

Elle s'habilla rapidement pendant qu'il assénait des coups sur la porte, prit son sac, ses clés et sortit, le couvre-feu était loin de ses préoccupations.

Dans la rue, elle se mit à courir en direction de la maison de ses parents ; elle dut se cacher à plusieurs reprises dans l'anfractuosité de portes cochères pour éviter les patrouilles de soldats allemands qui sillonnaient la ville. Quand enfin son père, médusé, lui ouvrit la porte, elle s'effondra pantelante dans ses bras. Il l'entraîna dans la cuisine, seule pièce un peu chauffée par un fourneau à bois ; sa mère les rejoignit, affolée.

Elle leur raconta enfin l'enfer qu'elle vivait depuis son mariage, ne leur épargnant aucun détail. Le voyage de noces, les viols incessants, le mépris, la grossièreté, tout. Sa mère en perdit connaissance.

Quand le jour pointa, le père d'Amélie, fou de rage, se rendit dans l'appartement de sa fille bien décidé à mettre son gendre à la porte mais le nid était vide, la porte de la chambre fracturée. Louis avait quitté les lieux.

Il fit changer la porte, remplacer la serrure, même si Amélie ne devait plus y retourner.

Désormais, c'est sans hésiter qu'elle irait habiter chez ses parents.

Léonie se réjouissait du retour d'Amélie sans en connaître vraiment les raisons. Elle savait seulement que c'était grave et cela lui suffisait pour respecter le silence qui était fait autour de ce qui venait d'arriver. Elle faisait tout pour distraire la maisonnée avec sa bonne humeur habituelle.

Les fêtes de Noël se passèrent sans que personne n'y pense, le cœur n'y était pas. On regrettait simplement les gaufres à la vanille de Madagascar de chez Méert, leur pâtissier préféré d'avant. D'avant, quand il faisait encore bon vivre.

Chaque soir, Amélie écoutait, entourée de son père et de sa mère, les informations que Léonie avait glanées en ville et les réflexions qu'elles lui inspiraient. C'était un joyeux mélange de bon sens, de naïveté, d'humour à sa sauce, de tragique aussi, Léonie était décidément leur principale distraction. Elle décrivait ce qui se passait pratiquement jour après jour, à se demander d'où elle tirait ses informations Elle avait de plus un don pour passer du coq à l'âne assez exceptionnel et il ne fallait faire aucun lien entre ses déclarations sous peine d'y perdre son latin !

— J'vas vous faire pleurer ! On raconte que, pas loin d'ici, pendant la nuit de Noël, il y a eu une trêve dans les tranchées entre les soldats français et allemands. Ils ont même canté des canchons d'Noël et après y'zon joué au ballon ! ça m'donne envie d'pleurer telmin qu'ché biau ! Mais le lendemain, ils ont bien été obligés de se refoutre sur la gueule, saloperie de guerre ! Et vous savez quoi ? Ils ont pris not' P'tit Quinquin pour en faire une marche militaire ! Non mais c'est à nous, à nous les Ch'tis de Lille ! Ils la jouent même dans le kiosque du square Poincaré (et quand c'est point carré, c'est point rond… je sais, c'est pas terrible mais on rit comme on peut) ; qu'ess qu'on pourrait faire pour empêcher cha, ch'est comme un sacrilège ! Y z'on pas à en faire une canchon d'guerre ! C'est l'canchon d'une mère qui indort son ch'tiot !

Ah ! oui, j'oubliais : dans Le Bulletin, j'ai vu une annonce pour des cours de sténodactylographie. J'suis sûre que ça m'plairait. Faut bien qu'j'pinse à l'après… Quand on reconstruira tout, les entreprises auront besoin d'employées de bureau, j'serai pas toute ma vie une bonne à tout faire… qu'est-ce vous en pensez ?

Monsieur Duhamel somnolait déjà, sa femme n'en était pas loin, elle avait laissé tomber son tricot et la boule de laine roula sous la table. Amélie sonna l'heure d'aller au lit, le poêle était vide et le froid commençait à se faire sentir.

C'est alors qu'Amélie se découvrit enceinte.

Enceinte.

Complètement paniquée, elle l'annonça à ses parents qui ne purent que la prendre dans leurs bras en lui disant « ma pauvre enfant », sans connaître la profondeur du trouble qui agitait leur fille. Elle avait certes toujours subi son mari mais tomber enceinte était dans le domaine du possible, tant d'enfants naissent hélas de femmes violées.... « Ma pauvre petite fille, nous ferons face avec toi cet enfant n'y est pour rien »... Elle eut envie de hurler « Vous ne comprenez pas ! Cet enfant n'est pas de Louis ! ». Mais cet aveu, tout à trac, était impossible.

Elle l'annonça le lendemain à Vic qui ne réagit pas du tout comme elle s'y attendait.

« Dans ta situation, c'est une catastrophe. Tu dois le faire passer », lui asséna-t-elle.

Amélie était abasourdie.

« Que dis-tu ? Le faire passer mais tu n'y penses pas ! L'enfant d'Aurélien ! Vic, je ne te reconnais pas ! ».

Elle s'effondra en larmes. Vic reconnut avoir été trop brutale.

« Mais j'ai les pieds sur terre et je vois la situation comme elle est. Tu es mariée et ton mari se bat dans les tranchées pour sauver son pays, comment expliquer que tu as un amant ! Ce sera un scandale ! Tu es institutrice, les gens se plaindront à la directrice de ton amoralité et tu seras mise au ban de la société ! Pense à tes parents ! Pense à l'enfant qui ne sera qu'un bâtard ! Je crois que tu ne mesures pas bien toutes les conséquences de cette grossesse ! »

Amélie était en état de choc. Elle resta longtemps silencieuse. Vic était restée près d'elle et se taisait.

Au bout d'un moment, Amélie se reprit. Elle avait compris que Vic avait raison.

« Vic, je veux garder cet enfant. Mais pour le reste, tu as raison. Personne ne doit savoir qu'il n'est pas de Louis… mais je n'arriverai jamais à le cacher !

« Bien sûr que tu y arriveras ! Et s'il est l'homme que tu dis, Aurélien aussi ; il savait les risques qu'il courait en ne prenant aucune précaution dans vos rapports. Tu lui avais dit que tu étais mariée. Et en plus, il est médecin. »

On n'est pas plus réaliste.

La situation de Lille devenait précaire et la malnutrition dégradait la situation sanitaire. La tuberculose, les épidémies de fièvre typhoïde, de dysenterie attaquaient les organismes affaiblis. Le scorbut touchait de nombreux Lillois. La mortalité progressait rapidement, les plus jeunes et les plus âgés étaient les plus fortement frappés. L'étendue des problèmes alimentaires et sanitaires était telle qu'à partir du printemps 1915 l'occupant organisa l'évacuation de la partie de la population que la misère menaçait de famine. Ces évacuations régulièrement répétées font perdre à Lille près de cent mille habitants entre 1914 et 1918. La ville est devenue celle des femmes, des enfants et des vieillards qui n'ont pas pu ou pas voulu la quitter.

***

Quand elle rentra de son tour en ville, Léonie n'avait que des nouvelles pas très réjouissantes à annoncer aux Duhamel…

« Y paraît que l'nombre de cas d'typhus s'multiplie, ça m'étonne pas, on ne mange rien, y fait froid, y pleut tout le temps… après les bombes, les maladies… rien ne nous est épargné, pourvu qu'on l'attrape pas ! Dans l'Bulletin, à part les réclames habituelles, on ne parle plus que des maladies contagieuses, ça fait froid din l'dos.

Et vous savez quoi ? les Allemands y disent qu'y faut même éviter l'eau bénite à cause des risques de contagion de la typhoïde par les bénitiers ! C'est l'curé qui va être content, y'aura plus personne al'messe ! »

À la suite de ces nouvelles, Madame Duhamel décréta des mesures d'hygiène strictes au Porche aux Lions : on se laverait les mains plusieurs fois par jour au savon de Marseille. Un bassin rempli d'eau fut installé à l'entrée de chaque pièce qu'elle demanda à Léonie de changer plusieurs fois par jour.

Au Porche aux Lions, les réserves alimentaires s'épuisant, on commença à élever clandestinement des poules dans le fond d'une arrière-cour à l'abri des regards ennemis ; avec les légumes de petit potager, les œufs amélioreraient l'ordinaire. C'est cette dégourdie de Léonie qui les trouva à acheter à un paysan qu'elle connaissait d'avant et qui passait parfois en ville vendre ses légumes. Elles furent nourries des restes de la table car on ne trouvait pas de grain à acheter et leur foie se développait anormalement, mais elles pondaient…

De plus, le bois se faisait rare, le charbon n'était plus qu'un souvenir et, comme disait Léonie, on se chauffait au bulletin de Lille qui, après lecture attentive de sa part, passait allégrement dans l'unique fourneau de la maison. « Un torchon comme ça ne chauffe rien du tout, même sa flamme n'éclaire pas ! Le brûler n'est qu'un symbole ! » disait Monsieur Duhamel.

Dans la cave on découvrit une montagne de journaux que Monsieur Duhamel lisait avant et qu'il conservait on ne sait trop pour quelle raison mais qui se révéla très bonne par les temps qui couraient. On en fit des boulettes bien serrées pour qu'elles brûlent plus longtemps. On avait aussi démonté les étagères en bois de la cave qui heureusement étaient nombreuses et cassées en morceaux de la taille du poêle. Dans le four, on chauffait des briques réfractaires qui, enveloppées dans un torchon, faisaient de bonnes bouillottes à glisser entre les draps glacés au moment de se coucher.

Léonie continuait de partager les nouvelles qu'elle glanait en ville, de-ci, de-là, sur les affiches placardées chaque jour, laissait traîner ses oreilles en faisant quelques maigres courses alimentaires. Quand elle rentrait, fourbue, elle s'asseyait lourdement sur une chaise en déclarant, avec un sens de la formule inégalable : « Ah ! c'est ben l'derrière qui r'pose les jambes ! » qui avait le don d'agacer Madame Duhamel au plus haut point mais elle ne faisait aucune remarque de peur de manquer les dernières informations et les nouvelles du jour étaient aussi ahurissantes que décousues.

« Figurez-vous que l'kaiser vient d'découvrir qu'les prix dans les commerces étaient trop chers. Il somme, par voie d'affiche s'il vous plaît, les commerçants d'y mettre fin. On voit qui va pas souvent faire ses courses cht'ilal, nous on l'sait d'puis longtemps !

Et vous savez ce qu'y zon imaginé din l'Bulletin ? D'publier un liv' de cuisine de guerre ! Avec toutes les recettes pour faire quelque chose qui ressemble à un repas alors qu'il n'y a plus rien dans les magasins ! Faire quelque chose avec rien, c'est fort. C'est de l'humour noir, non ? ou plutôt de l'humour ch'leu ! Va falloir leur dire qu'on n'engraisse pas les cochons à l'eau claire ! »

Puis, saisie d'une vague de nostalgie, elle ajouta, sans lien avec ce qu'elle avait dit juste avant, mais c'était Léonie…

« Trois ans qu'on a pas eu l'Ducasse…. C'est long quand même… J'me sens si fatiguée que j'aurais même plus la force d'monter dans les chenilles. J'aimais bien les chenilles… quand elles se fermaient, on pouvait s'bécoter avec mon amoureux… mais duss qu'il est à c't'heure ? »

La Ducasse… Léonie avait raison. La Ducasse… elle manquait aussi aux Duhamel… c'était une belle occasion de festivités et de joyeux rassemblements familiaux… La retrouverait-on un jour ?

« Qu'ch'étot bin quand j'étos tchtiote ! In mingeos des frites bin grasses et in sin lécot les dogts ![1] » ajouta Léonie.

---

[1] *Que c'était bien quand j'étais petite ! On mangeait des frites bien grasses et on s'en léchait les doigts !*

Au début de l'été 1916, Amélie apprit par une lettre des services de l'Armée que Louis avait été touché par un éclat d'obus qui lui avait emporté une partie de la mâchoire et le nez. Mais il était vivant. La lettre précisait qu'il s'était comporté en héros car c'est en menant ses hommes à l'assaut qu'il fut touché. Il était soigné dans un hôpital à Verdun où son état inspirait les plus vives inquiétudes.

Amélie, choquée, réagit à la nouvelle en disant « Il ne méritait quand même pas ça… »

Louis fut gratifié d'un « Pauvre homme » sincère des parents à l'annonce de son terrible accident mais ce qui les troublait surtout c'est que leur fille était enceinte d'un soldat défiguré dans les tranchées, qui ne se remettrait probablement jamais ou qui devrait vivre – lui et sa famille – avec sa gueule cassée.

***

Quelques semaines après, mue par des sentiments contradictoires qu'elle-même ne comprenait pas, Amélie alla voir Louis à l'hôpital malgré la distance et les moyens de transport chaotiques qui lui prirent des heures.

À l'hôpital de Verdun, après avoir parcouru des kilomètres de couloirs et de salles jonchés de blessés, on lui indiqua un bout de couloir où elle le trouva sur un lit, le visage couvert de pansements sanguinolents, tremblant, souffrant d'hallucinations au cours desquelles il délirait, parlant de rats, de boue, de poux, de la faim, du froid, de corps déchiquetés autour de lui.

Très agité, il arracha soudain ses pansements et Amélie crut défaillir à la vue de son visage dont une moitié n'était qu'un trou béant. Un haut-le-cœur la saisit en même temps qu'un élan de compassion vers le grand blessé de guerre qu'il était devenu. Elle lui prit les mains en pleurant mais, perdu dans son monde de mitraille et de sang, connaissait-il encore Amélie ?

Sur le chemin du retour, elle pleura sur lui, sur elle, sur l'enfant qu'elle portait et rentra à Lille fortement ébranlée par cette visite. Une foule de souvenirs l'assaillait. Elle revoyait Louis au bal où ils s'étaient rencontrés, dans son uniforme d'officier, beau, élégant, Louis en costume queue de pie le jour de leur mariage, allant d'invité en invité, fier et conquérant. Elle pensait à celui dont elle était tombée amoureuse quand elle ne savait pas encore quel être se cachait derrière cet homme du monde et ce fringant officier. Et pourtant, il s'était comporté en héros sur le champ de bataille. C'était à désespérer de la méconnaissance que l'on pouvait avoir de la nature humaine.

La grossesse d'Amélie se passait plutôt bien malgré les circonstances, ses parents veillaient à ce qu'elle se nourrisse correctement « tu dois manger pour deux » lui disaient-ils, ce qui n'était pas simple avec les restrictions. La sage-femme qui la suivait estimait que tout était normal, son ventre s'arrondissait bien.

Elle avait écrit une lettre à Aurélien à l'adresse qu'il lui avait donnée pour lui annoncer la nouvelle de sa grossesse sans savoir s'il la recevrait jamais. Elle attendait. La guerre était sans fin.

Avec son amie Vic, elle continuait à se rendre à l'école qui, en cette fin d'été, accueillait les enfants les plus démunis car deux repas par jour leur étaient assurés par la municipalité.

Alors qu'elle faisait chanter les enfants, Amélie ressentit les premières contractions. Elle appela Vic qui préparait le goûter et lui fit signe en désignant son ventre du doigt. Vic comprit aussitôt et vint vers elle et la fit s'asseoir pendant qu'elle distribuait leur goûter aux enfants en leur demandant de se tenir bien sages. Elle emmena Amélie dans une pièce qui servait d'infirmerie. « Reste bien tranquille, je fais le nécessaire, ne t'en fais pas et respire calmement ».

Elle envoya une jeune institutrice stagiaire chercher la sage-femme qui habitait deux rues plus loin : « Vite, qu'elle ne traîne pas ! »

Bien que les contractions se faisaient plus fortes et plus rapprochées. Amélie se dit que le moment n'était pas encore venu pour la naissance et que c'étaient de « fausses contractions ».

Quand elle perdit les eaux, elle comprit que c'était imminent et qu'il fallait qu'elle se prépare. Un grand calme l'envahit. Vic était plus nerveuse qu'elle. Avec son aide, elle enleva posément sa robe, ses chaussures, ses bas, sa lingerie, elle avait chaud, très chaud… même avec sa simple combinaison qu'elle enleva aussi ne gardant que sa blouse d'institutrice qui serait plus pratique pour l'accouchement. Puis elle releva ses longs cheveux très hauts avec une ficelle qui traînait là. Une autre qu'elle semblait agir.

Avec Vic, elles rassemblèrent à même le sol deux petits matelas d'enfants qu'elles recouvrirent de linges blancs, puis Amélie but un verre d'eau, se remplit d'air les poumons qu'elle expira lentement et attendit, assise sur un banc, le long du mur. Vic sortait à chaque instant pour voir si la sage-femme arrivait. Amélie caressait son ventre et parlait à son enfant, pensait à Aurélien. Le calme qu'elle ressentait en un tel moment la surprenait.

Les contractions reprirent, plus douloureuses, mais elle ne poussa même pas un gémissement, consciente que des petites filles étaient en classe dans les pièces voisines.

Enfin, Vic arriva avec la sage-femme qui demanda que l'on chauffe de l'eau et le travail commença.

L'enfant vint au monde deux heures plus tard, un solide garçon malgré sa naissance prématurée, qui cria aussitôt et qu'Amélie prit contre son sein en pleurant de bonheur. Son cordon ombilical coupé, c'est Vic qui lui donna son premier bain dans une cuvette et l'enveloppa de plusieurs serviettes.

Pendant ce temps, Amélie expulsait le placenta aidée de la sage-femme qui lui appuyait sur le ventre pour accélérer le processus, et enfin elle se reposa un peu après avoir avalé une tasse de café au lait qu'elle rendit tout aussitôt.

Le soir venu, son père vint les chercher dans une charrette à bras… Au Porche aux Lions attendait le berceau de l'enfant qui avait d'abord été celui d'Amélie et que sa mère avait rafraîchi d'une cotonnade blanche trouvée au fond d'une malle, soigneusement lavée et repassée. Une layette préparée aussi par ses soins était prête.

Madame Duhamel voulut apprendre à sa fille à emmailloter son enfant. Quand Amélie comprit ce qu'elle voulait faire avec les langes, elle s'écria :

— Mais tu vas le transformer en momie ! il ne pourra pas bouger ! laisse-lui au moins les bras dehors !

— Je t'assure que c'est comme cela qu'il faut faire, je l'ai fait pour toi aussi !

— Tu ne le feras pas pour lui. Laisse-moi faire comme je l'entends, je suis sa mère.

L'enfant fut donc emmailloté avec un lange dans le bas du corps et une brassière dans le haut, lui laissant les bras et les mains libres. Le bébé en profita d'ailleurs pour chercher sa bouche avec son pouce. « Ah ! tu vois ! Il n'aurait pas pu le faire si je l'avais langé comme je voulais, ce n'est pas bon de sucer son pouce pour un enfant ! » s'exclama sa grand-mère triomphante. « Un bébé a besoin de téter Maman, c'est écrit dans tous les ouvrages de puériculture. »

Mis à part ces petits ajustements, Les parents d'Amélie étaient fiers et heureux de cette naissance malgré ce qu'ils savaient sur les relations de son géniteur et de leur fille et, peu importait, il fallait déclarer cette naissance.

« Quel prénom veux-tu donner à ton fils ? » lui demanda Monsieur Duhamel le lendemain.

Amélie aurait voulu choisir le prénom avec Aurélien et prononça la seule réponse qui lui vint à l'esprit.

« Ton père s'appelait Julien et je voudrais l'appeler comme lui, c'est joli et c'était un grand-père formidable que j'aimais beaucoup ». Son père apprécia et le lui dit.

C'est ainsi que dès le lendemain le nouveau-né fut inscrit dans les registres de la mairie de Lille sous le nom de Julien de Cressac, fils de Louis de Cressac et d'Amélie Duhamel-Vandeale.

Quand son père rentra avec le livret de famille enrichi de cette première naissance, Amélie s'effondra en larmes. Julien de Cressac ? Mais non, mille fois non ! Julien oui, mais pas de Cressac !

En attribuant ces larmes à son bonheur d'être mère, ses parents se trompaient mais ils ne pouvaient – et ne devaient – pas en connaître la véritable raison.

À part Victorine, personne ne devait savoir. Personne ne devrait savoir. Jamais.

Quelques jours plus tard, elle écrivit à Aurélien pour lui annoncer la naissance de leur fils. Elle lui expliqua les raisons pour lesquelles il portait le nom de son mari et le prénom de Julien. L'encre était diluée par ses larmes à certains endroits mais elle lui faisait savoir tout le courage qui l'animait pour faire face en attendant son retour, plus forte que jamais avec leur enfant à protéger, qu'elle l'attendait, l'attendait, l'attendait. De tout son amour.

Mais recevrait-il sa lettre ?

*Après avoir rédigé ces pages à partir des journaux intimes d'Amélie, je fais une pause dans la narration de son histoire et reprends mon identité pour redevenir Agnès, une Agnès bouleversée et en même temps soulagée.*

*Oui, soulagée, car ces lectures m'ont appris que Julien, s'il est bien mon père, est né d'une belle histoire d'amour et non pas de ce Louis de Cressac, un rustre doublé d'une brute sordide et, oserais-je le dire, j'en suis ravie, oui, ravie. Tant pis pour la morale.*

*Mais Aurélien, qu'était-il devenu ? Je m'inquiète à présent que je sais qu'il est mon grand-père !*

*Je suis abasourdie que personne n'ait jamais parlé de lui, que jamais ma chère Mounette n'y ait fait allusion, même à moi qui étions si proches...*

*Était-ce le prix à payer pour que ce secret ne soit jamais éventé ? Personne ne savait qui était Aurélien, personne ne l'avait jamais vu. Elle avait emporté son secret avec elle.*

*Mais je n'avais pas l'intention d'abandonner car, s'il avait à peu près l'âge de Mounette, il était peut-être encore vivant ! Dans ce cas, il fallait que je le retrouve. Une autre piste était envisageable : Victorine, son amie qu'elle appelait Vic et qui savait tout. Cette idée me tint plus vigilante que jamais dans mes recherches ; je traquais toute information concernant Aurélien et Vic, sur ce qu'ils auraient pu devenir.*

*Et je le découvrirai, foi d'Agnès, petite-fille d'Amélie et d'Aurélien !*

Chez ses parents, Amélie se sentait en sécurité pour élever son enfant ; elle le nourrissait de son lait qu'elle avait abondant qui faisait dire à Léonie « Mais duss que vous sortez tout c'lait avec vos œufs su'l plat ? » à chaque fois qu'elle allaitait le bébé.

Pendant quelques semaines, elle se dispensa d'aller à l'école où les enfants étaient accueillis même pendant les vacances d'été pour leur procurer des repas, mais cela lui manquait et elle y retournerait bientôt.

Léonie avait une passion pour l'enfant et le veillait dès que sa mère avait le dos tourné ; elle lui chantait des chansons pour l'endormir et en particulier une chanson lilloise qu'une pauvre dentellière chantait à son enfant :

Dors min chtiot Quinquin,
Min chtiot pouchin
Min gros rojin…
Te m'fras du chagrin
Si te n'dors point ch'quà d'main…

Quant à Madame Duhamel, elle adorait tout simplement son petit-fils et lui tricotait, assise près de son berceau, des brassières, des barboteuses, des chaussons et des bonnets avec de la laine de récupération de chandails détricotés aux couleurs improbables qui donnaient à la layette une fantaisie indéniable mais chaude.

Les pensées d'Amélie n'étaient jamais loin d'Aurélien. Où était-il ? Avait-il été arrêté par les Allemands ? Était-il blessé ? Mort peut-être ?

Quand elle pensait à cette éventualité, elle courait vite prendre le petit Julien dans ses bras pour le serrer très fort contre elle, comme pour exorciser cette pensée. Non, il n'était pas mort, elle le sentirait.

Elle ne pouvait parler de ce qui la tourmentait à ses parents et devait garder son lourd secret.

Amélie apprit par une lettre de l'Armée que l'état de Louis avait nécessité son transfert à l'Hôpital des Invalides à Paris, là où on soignait les grands blessés de la guerre. « Au moins, il ne reviendra plus ! » s'écria Amélie à l'annonce de cette nouvelle.

« Nous devrions aller le voir, suggéra le père d'Amélie, au moins pour lui présenter son fils, cela serait peut-être salutaire à… »

Il n'eut pas le temps de terminer sa phrase, interrompu par un JAMAIS hurlé par une Amélie hors d'elle. « JAMAIS tu m'entends ! Tu oublies ce qu'il m'a fait ? Je ne veux pas qu'il touche à Julien, je ne veux même pas qu'il pose les yeux sur lui ! »

Elle courut s'enfermer dans sa chambre avec son bébé. C'est à lui qu'elle confiait tout et parfois elle avait l'impression qu'il l'écoutait et même qu'il la comprenait. C'était un magnifique enfant, il ressemblait tellement à Aurélien que c'en était troublant. Dans sa tête, c'était le chaos. Comment introduire

Aurélien chez ses parents ? Il faudra bien qu'ils fassent sa connaissance !

Elle devait parler à Victorine d'urgence, elle avait besoin de son bon sens.

— Vic, je dois te demander conseil. Je crois qu'il faut que je parle d'Aurélien à mes parents… Quand il reviendra, il ne pourra même pas approcher de son fils, c'est impossible ! Il n'a déjà pas pu le reconnaître, mais on ne peut pas lui demander de ne jamais le prendre dans ses bras !

— Oui, tu dois leur parler d'Aurélien dès que possible.

— Et je leur dis quoi ? Je leur raconte notre histoire ? Après tout, elle est belle !

— Oui, fais juste attention avec les dates de ta grossesse, de la dernière fois avec Louis, il ne faut pas qu'ils fassent de rapprochement…

— Tu as raison… Mais il faudra que je mente sur certaines dates…

— Tu peux jouer sur le fait que Julien est né prématurément… ou non, selon ce qui t'arrange, calcule bien.

Après de savants calculs, Amélie se sentit prête pour faire face aux questions éventuelles de ses parents et quelques jours plus tard, ils apprirent que leur fille avait un amant.

Ce fut houleux.

On ne plaisantait pas avec ces choses dans la famille.

Elle dut menacer de partir avec Julien pour qu'ils se calment et elle put enfin leur raconter comment elle avait connu Aurélien, qui il était et ce qu'il faisait, sans évidemment parler de ses occupations liées à la guerre.

— Cet homme sait-il que tu viens d'avoir un enfant de ton mari ?

D'emblée la question qui faisait mal. Mais elle ne perdit pas contenance.

— Oui, il le sait.

— Et toi, tu n'oublies pas que tu es toujours mariée ?

— Je n'oublie pas. Avec un homme devenu fou et interné à vie.

— Dont tu ne pourras jamais divorcer ?

— Je le sais.

— Tu réalises que tu ne pourras jamais te remarier ?

— Pas tant qu'il est en vie, je le sais.

— Tu souhaites donc sa mort ?

— Non, je n'ai pas dit ça.

— Qu'est-ce que tu comptes faire ?

— Je ne sais pas. J'attends le retour d'Aurélien.

— Et ta mère, et moi, dans cette histoire, que sommes-nous ?

— Mes parents que j'aime.

— Et qu'avons-nous à dire ?

— Rien. Je suis désolée. C'est ma vie.

— Alors tout est bien dans le meilleur des mondes et tu n'as pas besoin de nos conseils si je comprends bien ! conclut amèrement Monsieur Duhamel père.

Madame Duhamel mère fut plus indulgente et embrassa sa fille. Elle se souvenait de ce que Louis de Cressac lui avait fait subir.

Un jour, un inconnu lui amena une lettre que lui avait remise Aurélien lui-même, quelqu'un dont il était sûr lui écrivait-il.

Par miracle, il avait reçu la lettre d'Amélie ! Il lui expliquait d'abord qu'elle pouvait faire confiance à la personne porteuse de sa lettre et que gravement blessé lors du sabotage d'un pont, il avait été évacué en Hollande. Hébergé chez des fermiers dans la campagne il fut soigné avec de faibles moyens par des gens dévoués et amicaux. Il évita de peu l'amputation de sa jambe droite grâce aux soins vigilants d'un médecin du village et à son expérience de chirurgien. Pour le moment, il ne pouvait rentrer à Lille sans risquer sa vie. On l'avait dénoncé et il était recherché.

*« Mon aimée, je suis si loin de vous ! Même si je ne les approuve pas, je comprends les raisons qui ont fait que Julien a été déclaré sous le nom de votre mari, j'étais absent. Si j'avais été près de vous, il en aurait été autrement et, ensemble, nous aurions fait face et trouvé une autre solution. Mais je suis parti pour faire mon devoir de français alors que c'est près de vous que j'aurais dû rester.*

*Je porte donc seul la responsabilité de ce qui s'est passé, même si je le déplore profondément. Je dois assumer mon inconséquence. Cela ne changera rien à l'amour que je lui porterai et je veillerai sur lui et sur vous toute ma vie. Attendez-moi, je reviendrai dès que cela sera possible.*

*Je pense à vous, au courage dont vous faites preuve, à vous que je serrerai bientôt dans mes bras ainsi que Julien, mon fils quoi qu'il en soit. Nous trouverons le moyen d'être heureux tous les trois, je vous le promets. »*

C'est ainsi que se terminait sa lettre qu'Amélie embrassait et embrassait encore.

L'espoir renaissait, la vie reprenait, elle se sentait tout le courage du monde.

Elle en informa ses parents qui semblèrent apprécier le fait qu'il soit vivant ; sa mère s'essuya furtivement les yeux et son père toussota dans son mouchoir.

Elle alla prendre son enfant endormi dans le berceau et le couvrit de baisers mouillés de larmes.

Le secret prenait forme et s'installait. Le garder nécessiterait une vigilance de chaque instant. Il en allait de l'avenir de l'enfant et de son honneur.

Mais une phrase était imprimée dans son esprit qui lui était comme un remords :

*« Si j'avais été près de vous, il en aurait été autrement et, ensemble, nous aurions fait face et trouvé une autre solution ».*

Oui, s'il avait été près d'elle, il en aurait été autrement. Mais il était trop tard et leur secret empoisonnerait toute leur vie.

Le temps passait, la guerre durait, Amélie attendait, Julien, son bel enfant blond grandissait. Il eut ses premières dents, fit ses premiers pas, dit ses premiers mots comme n'importe quel autre enfant. Il était choyé comme un prince et sa mère devait sévir pour empêcher qu'on en fît un capricieux. Amélie lui parlait d'un Aurélien, un Aurélien qui reviendrait bientôt, un Aurélien qui l'aimait… elle ne pouvait et ne voulait prononcer le mot « père » et ne voulait pas davantage lui apprendre à dire « papa ». Dès lors, comment l'appellerait-il ?

Les doutes l'assaillaient. Et si elle avait mal fait, si elle s'était trompée ?

Tout cela tournait dans sa tête jusqu'à parfois lui donner le vertige. Sans cesse, il faudrait faire attention à tant de choses banales qu'il ne serait pas possible de ne jamais tomber dans certains pièges ! Et pourtant il faudrait tenir. Pour l'enfant. Pour ses grands-parents. Pour les voisins. Pour les futurs éducateurs. Pour le boucher. Pour le curé. Pour le Pape ! C'était à s'arracher les cheveux.

Oui, elle s'était trompée. Jamais elle n'aurait dû accepter que son enfant et celui d'Aurélien soient déclarés sous le nom d'un autre ! C'est Julien Delattre qu'il devait s'appeler ! A-t-on le droit de priver un enfant de son identité et dès lors de son histoire ? Bien sûr que non.

Elle aurait dû avoir le courage d'affronter le qu'en-dira-t-on, d'affronter ses parents qui probablement n'en seraient pas morts !

Sa lâcheté l'entraînait vers une vie clandestine, pavée de mensonges qui seraient parfois insoutenables !

Non, son fils n'aurait pas été un bâtard, son père l'aurait reconnu ! Et foin du reste, foin des autres !

Aurélien, pardon ! J'aurais dû te faire davantage confiance ! Je vais te priver, le priver, me priver de tant de choses… Ton fils ne portera pas ton nom. J'ai honte, j'ai honte de moi !

Cette guerre était abominable à plus d'un titre mais quand finirait-elle ! On disait qu'il y avait de grandes offensives sur le front ; en aurait-on enfin fini avec les tranchées ? Avec un peu de chance la paix serait-elle pour bientôt ? Mais de quel côté de la frontière serons-nous après la guerre se demandait-elle ? Elle n'osait penser à une victoire de l'Allemagne et à une annexion du nord de la France… Il fallait absolument qu'elle arrête de penser, le vertige n'était pas loin.

Le Bulletin de Lille ne parlait que de condamnations, d'amendes de toutes sortes, d'emprisonnement, voire d'exécutions pour trahison. Ils n'étaient donc jamais fatigués ces Allemands ? Même Léonie n'avait plus le cœur à le commenter.

***

Aucune nouvelle d'Aurélien depuis des mois. Était-il remis de sa blessure ?

Son âme et son cœur n'étaient que questions sans réponses.

Elle alla chercher Julien qui se réveillait de sa sieste et le sourire qu'il lui offrit lui rendit courage. Elle le serra dans ses bras un peu plus fort qu'à l'accoutumée puis l'emmena voir les poules dans l'arrière-cour et lui permit de ramasser les œufs dans un petit panier, rien ne pouvait le rendre plus heureux et les petits cris de joie qu'il poussait apaisèrent un peu ses remords.

À partir de septembre 1918, si les habitants de Lille avaient pu avoir les « vraies » nouvelles de la guerre, ils auraient pu commencer à se réjouir car l'Allemagne perdait du terrain.

C'est la victoire anglo-franco-belge du 15 octobre 1918 en Flandre qui fut déterminante pour Lille. Les troupes alliées combattantes avaient repoussé les Allemands non seulement jusqu'au sud de la Belgique mais jusqu'après la vaste agglomération de Lille, Roubaix et Tourcoing.

Menacé par la progression continue des attaques alliées, l'ennemi accélérait sa retraite et l'évacuation s'imposa bientôt.

Ce fut rapide, très rapide. Les derniers allemands quittèrent Lille à cinq heures du matin, le 17 octobre.

Contre toute attente, Lille est libérée. Ses habitants sortent d'un peu plus de quatre années de vie sous la loi martiale allemande. La ville, coupée du reste du pays, a tout subi : famine, pillage, réquisition, déportation. La Capitale des Flandres qui comptait deux cent dix-sept mille habitants en 1914 n'en compte plus que cent douze mille à la fin du conflit. Lille est en ruines et elle n'est plus qu'une ville de femmes, d'enfants, de vieillards et d'indigents qui ont faim et froid. La tuberculose, la dysenterie, le scorbut et la grippe espagnole y font encore des ravages. Lille est exsangue.

Les Lillois n'ont pas assez d'énergie pour se réjouir immédiatement. Ils n'osent y croire. Pourtant c'est fini. La guerre est finie.

En ce 17 octobre, toujours à l'affût des nouvelles, Léonie rentre de la ville dans un état d'excitation indescriptible.

« Y'en a plus un dans l'rue ! Y'en a plus un dans l'rue ! hurlait-elle. Y sont tous partis les chleus ! Mais commin qu'cha a été possib' ? On n'a rien vu v'nir ! Et vous savez c'qui z'on fait avant d'partir ? Saboté l'gare, fait sauter des ponts et brûlé l'théâtre par rage d'avoir été battus… c'est pas signe de bon caractère cha ! »

Elle tombe dans les bras des Duhamel qui n'en croient pas leurs oreilles. Qui rient, qui pleurent, qui ne savent plus. La guerre est finie ! Un drapeau français est vite sorti d'une armoire et accroché à la fenêtre la plus haute de la maison.

Toujours le 17 octobre 1918, l'armée anglaise du Général Birdwood libère définitivement la ville. La guerre est vraiment finie.

La musique militaire anglaise descend la rue Nationale vers la Grand-Place et les Lillois réalisent enfin ; ils sont bientôt plus de dix mille à les acclamer puis à s'étreindre, à rire, à pleurer, à chanter La Marseillaise. Une très vieille femme hydropique qui a peine à se tenir debout rit de tous ses chicots en s'essuyant les yeux.

Vers 11 heures, un aviateur français parvient à atterrir place du Théâtre, c'est le premier uniforme français que voient les délivrés. C'est l'apothéose de cette journée inoubliable.

Toute la presse ressuscitée fête la délivrance. Le Bulletin de Lille n'existe plus mais Léonie en garde un numéro… pour ne pas oublier, pour que ça n'arrive plus.

Monsieur Duhamel peut enfin lire le Progrès du Nord. Il se laisse souvent déborder par l'émotion.

Tout le mois d'octobre, les visites officielles se succèdent : Georges Clémenceau qu'on appelait le Père la Victoire, Raymond Poincaré, mais aussi un jeune officier britannique, un certain Winston Churchill. Par la suite, le général Foch, le général Pétain[2] et même le roi Georges V rendront une visite officielle à la Capitale des Flandres.

Le 11 novembre 1918 à 11 heures et 11 minutes, le célèbre clairon Pierre Sellier sonne la fin des combats et l'Allemagne vaincue accepte les conditions de l'Armistice.

Le 14 décembre 1918, le journaliste anglais Albert Londres écrit à propos de Lille :

« C'est une cité presque morte où ceux qui sont restés continuent à vivre de charité ou de crédit. Une cité sans industrie et sans transports. Après plus de quatre ans d'isolement, il s'agit de faire rentrer les populations du Nord dans le giron de la "Mère Patrie".

Tout était dit.

---

[2] *En 1918, Pétain était encore considéré comme le héros de la bataille de Verdun.*

Édouard, devenu le mari de Vic par procuration, revint juste après l'armistice. Très amaigri, une vilaine blessure mal soignée à l'épaule, mais l'optimisme chevillé au corps à l'idée de retrouver sa femme qui le soignerait mieux que personne.

Aurélien ne revint de Hollande qu'à la fin du mois de novembre et n'avait pas pu prévenir Amélie.

En arrivant à Lille après un voyage éprouvant, il eut un choc en constatant que l'immeuble où se trouvait son appartement n'était plus qu'un amas de ruines. Il se dirigea vers celui d'Amélie : il avait été préservé mais elle ne s'y trouvait pas. Il se rendit à l'école après avoir traversé d'autres champs de ruines, Lille était méconnaissable et il eut beaucoup de mal à se repérer. L'école n'avait pas été touchée et Vic y était encore en train d'essuyer le tableau avant de rentrer chez elle. En le voyant, elle n'en crut pas ses yeux. Il semblait amaigri, marchait avec une béquille mais il avait l'air en bonne santé. Les cheveux longs, la barbe mal taillée, il ressemblait à un vagabond.

Après l'avoir embrassé, réconforté, lui avoir offert une boisson chaude car le froid était déjà vif, Vic lui dit "Je vais la chercher".

En la voyant arriver si rayonnante, Amélie, qui venait de coucher Julien, comprit aussitôt que quelque chose d'important se passait. Aurélien ? Oui, Aurélien… il est revenu ? Oui, il est revenu.

Les deux femmes se prirent par la main et coururent jusqu'à l'école, le cœur d'Amélie battant à se rompre.

Ils se retrouvèrent tous les deux dans la pièce où Amélie avait accouché. Ils se regardèrent d'abord intensément puis Amélie fut rapidement dans ses bras. Il la serrait contre lui, "Que vous êtes belle..."

— ... On ne peut pas en dire autant de toi – l'interrompit en riant Édouard qui venait d'entrer – tu as besoin d'un bon bain et de vêtements propres mon gars ! Mais rassure-toi, j'étais pire que toi quand je suis revenu, crasseux et couvert de poux ! Hein, ma femme ? » dit-il à Victorine qui les rejoignait. Viens chez nous te faire une beauté et dormir un peu !

Tout cela allait trop vite, ce n'est pas ainsi qu'Amélie imaginait leurs retrouvailles.

Ils se rendirent tous les quatre dans la maison de leurs amis. Ils marchaient côte à côte, gauches, empruntés, ne sachant comment se comporter l'un vis-à-vis de l'autre, ne trouvant pas les mots à se dire, les gestes à faire. Après un timide baiser, elle le laissa pour qu'il puisse s'installer et rentra chez elle. Triste et déçue.

Elle avait vécu cet instant si souvent dans ses nombreux rêves ! Dans un soleil couchant rayonnant de mille feux, il apparaissait au bout d'un chemin bordé d'arbres et ils couraient l'un vers l'autre ; Aurélien la recevait dans ses bras et la faisait tournoyer en riant de bonheur pour enfin s'abandonner dans un baiser passionné à faire pâlir tous les amoureux de la terre...

— Mais tu n'es pas dans un roman ! lui dit sa mère à qui elle s'était confiée. Pauvre garçon ! Il vient de passer presque trois années d'exil, il a été blessé, il a accompli des missions périlleuses pour sauver la France, qu'est-ce que tu veux de plus ? Des violons ? Allez, réveille-toi ma fille ! Sois déjà contente qu'il soit revenu !

Sa mère avait bien entendu raison… Elle alla s'asseoir près du berceau de Julien et lui dit tout bas qu'« Aurélien » était revenu et qu'il le verrait bientôt.

Le lendemain qui était un dimanche Amélie, remise de sa puérile déception et revêtue de sa plus belle robe, se rendit chez Vic et Édouard en fin de matinée. Aurélien s'était rasé, lavé les cheveux qu'il avait noués en catogan, habillé de propre avec des vêtements d'Édouard beaucoup trop courts pour lui qui lui donnaient une allure un peu ridicule mais elle le trouva encore plus beau que dans son souvenir. On les laissa enfin seuls.

Quand leurs amis vinrent les rejoindre, il fallut bien aborder les questions pratiques. Aurélien n'ayant plus d'appartement Amélie lui proposa le sien, abandonné depuis deux années et qu'il connaissait déjà. C'était évidemment la solution idéale pour le moment. Mais Aurélien semblait ailleurs. En fait, il ne pensait qu'à une chose, voir son fils, le reste lui paraissait secondaire. Pendant qu'il se rétablissait de ses blessures en Hollande, il lui avait fabriqué de ses mains un camion de pompiers en bois avec une grande échelle, les avait peints en rouge et ajouté des petits bonshommes en uniforme bleu casqués de jaune.

Après avoir passé une nuit chez Vic et Édouard, c'est dans l'appartement d'Amélie qu'Aurélien rencontra son fils pour la première fois, un petit bonhomme encore mal assuré sur ses jambes, un merveilleux petit bonhomme blond comme les blés.

Il lui tendit son camion de pompiers. Julien, avec un grand sourire et des petits cris, s'en saisit aussitôt en faisant des « Tut-Tut-Tut » convaincants.

Amélie avait les larmes aux yeux. Aurélien tremblait. Ils se regardèrent, dévorés par une émotion qu'ils tentaient de contenir. Amélie lui mit l'enfant dans les bras. Le père et le fils se trouvaient face à face, nez à nez, curieux l'un de l'autre, se découvrant avec étonnement.

Alors Aurélien saisit l'enfant à bout de bras et le tendit vers le ciel. C'est ainsi que les empereurs romains reconnaissaient leurs fils.

Julien voulut retourner jouer avec son camion de pompiers.

Aurélien et Amélie, l'un contre l'autre, regardaient leur enfant. La vie était là, pleine de ses nouvelles promesses.

***

En attendant que les circonstances se prêtent à une vie en commun et pour éviter tout commérage, Aurélien quitta l'appartement d'Amélie et s'installa dans la maison de sa tante décédée un peu avant la guerre, là où il avait habité pendant ses études de médecine et qui était toujours debout. C'était une maison un peu austère mais grande. Mise à leur goût, ils pourraient l'habiter plus tard, avec la possibilité d'y installer un cabinet médical.

Il retrouva son poste à l'hôpital où tout était à réorganiser, à réparer, à repeindre, à rééquiper en matériel médical, en matelas qui avaient été réquisitionnés par les Allemands. Un travail de titans qui l'occupait à plein temps.

Amélie retourna vivre dans son appartement où elle n'avait plus à craindre une visite intempestive de Louis. Elle le voulut ainsi pour pouvoir retrouver Aurélien plus facilement. Elle déposait Julien chez ses parents chaque matin en se rendant à l'école et le reprenait à la fin des classes.

Aurélien la rejoignait pour passer quelques heures de la nuit avec elle aussi souvent qu'il le pouvait et ces nuits-là leur amour était encore bien vivant.

Monsieur Duhamel récupéra sa brasserie qui n'avait que peu souffert de la guerre puisque les Allemands y fabriquaient leur propre bière… Ils y avaient même apporté quelques améliorations et il en reprit la direction après avoir reconstitué une équipe d'ouvriers et en particulier retrouvé son excellent contremaître d'avant-guerre qui, par miracle, était revenu de la guerre amaigri mais indemne.

Il fallait reconstituer les stocks de malt et de houblon ce qui prendrait quelque temps. Avec la brasserie, de nombreuses familles retrouveraient de quoi vivre.

Il avait beaucoup sympathisé avec Aurélien à qui Madame Duhamel vouait une admiration sans borne, médecin, chirurgien, espion pendant la guerre… un véritable héros selon elle.

Puis Aurélien rendit enfin visite à ses parents dans leur ferme à Berlaimont. Son père et sa mère avaient beaucoup vieilli. Un de ses frères avait été tué à la guerre, ils se remettaient mal de ce lourd tribut payé à la guerre.

Leurs animaux leur avaient été confisqués par l'armée allemande, il ne leur restait plus que quelques poules et quelques lapins. Deux de ses frères, dont un marié à une solide paysanne, continuaient à vivre avec eux et les aidaient. Le plus jeune était resté en Allemagne ; dans une ferme où il avait été affecté comme travailleur forcé, il avait rencontré une jeune fille bavaroise qu'il avait épousée et qui attendait un enfant. Il viendrait bientôt les leur présenter.

Aurélien, quant à lui, ne savait comment leur annoncer qu'il avait un enfant sans être marié, que la mère de son enfant l'était, mais à un autre, qu'ils n'habitaient pas ensemble et que son fils l'appelait parrain pour que personne ne devine qu'il était de lui.... Une histoire impossible à formuler. Pour sa famille, il était et resterait probablement célibataire, c'était beaucoup plus simple.

Le secret entraînait des conséquences de plus en plus lourdes.

La ville se reconstruisait peu à peu, la vie économique renaissait ; les commerces rouvraient, les traces de l'occupation allemande disparaissaient peu à peu. Mais il faudrait encore quelques années avant que toutes les plaies soient refermées.

Léonie prenait des cours de sténodactylographie comme elle se l'était promis mais habitait toujours le Porche aux Lions continuant d'y apporter son aide, sa bonne humeur et sa joie de revivre. La famille Duhamel était devenue celle qu'elle n'avait jamais eue.

Victorine et Édouard devinrent parents de jumeaux, ébahis par ce qui leur arrivait.

Victorine ne travaillait plus et son mari croulait sous les demandes de travaux de la ville à reconstruire l'amenant à créer sa propre entreprise qui devint prospère. Sa femme l'assistait dans les travaux administratifs, autant que sa double maternité le lui permettait.

***

Amélie s'enquérait régulièrement de la santé de Louis. Après l'enfer de Verdun, devenu ce qu'on appelait une gueule cassée et atteint de démence, il avait donc été transporté à l'hôpital des Invalides de Paris. Les dernières informations étant très évasives, elle décida d'aller le voir vivement encouragée par Aurélien qui l'accompagnerait et l'attendrait à l'extérieur.

Le voyage jusqu'à Paris fut long, les lignes de chemin de fer ayant du mal à être rétablies après tous les sabotages qui avaient eu lieu un peu partout en France occupée. Ils prirent un taxi jusqu'à l'hôpital qui, après la guerre, connaissait un afflux de blessés ; un décret de 1918 réaffirma sa double mission d'hébergement et de soins et le « droit à réparation » fut proclamé à la même époque.

Amélie fut accueillie avec une grande gentillesse par le médecin qui, entre autres grands blessés, soignait Louis. Il l'informa que malgré plusieurs opérations réparatrices de son visage, on n'avait pas pu le lui rendre « présentable ». Désormais, il portait un masque. Il souffrait également d'« obusite », qui était, lui dit-on, un trouble de stress post-traumatique marqué par des cauchemars lui faisant constamment revivre l'expérience des tranchées.

Le médecin l'emmena dans la chambre Louis. Les murs étaient capitonnés. L'homme était couché, recroquevillé sur son lit à barreaux, les mains sur les oreilles, agité de tremblements. Amélie, impressionnée, mit la main sur sa bouche pour ne pas crier. Le médecin alla parler doucement au malade, lui remit le masque qu'il avait enlevé.

Louis se tourna alors vers Amélie. Sans la voir. Il se leva cependant mais, soudain, il se mit à crier en se jetant sous le lit comme pour se protéger.

Amélie tremblait de tous ses membres, pleurant sur ce pauvre hère qui fut son mari, le plaignant de tout son cœur.

« Que puis-je faire pour lui ? » demanda-t-elle au médecin ; il leva les bras en signe d'impuissance.

« Le pire c'est qu'il peut encore vivre des années, son cœur est solide. Nous allons encore tenter une opération pour améliorer un peu plus son visage… je vous tiendrai au courant mais malheureusement je ne peux rien vous promettre, je suis désolé. »

Elle sortit de l'hôpital chancelante. Aurélien l'avait attendue dans les jardins, assis sur un banc. La voyant si mal, il ne lui posa pas de question, la prit simplement dans ses bras. « Il ne méritait quand même pas ça ! » dit-elle une fois encore.

Ils passèrent une nuit à l'hôtel avant de rentrer à Lille le lendemain. Amélie lui décrivit l'état dans lequel était Louis. Il la serra plus fort contre lui. Tout commentaire était superflu.

***

Plusieurs fois par an, Amélie continua d'aller visiter Louis à l'hôpital des Invalides ; il avait encore subi plusieurs délicates opérations effectuées par le Docteur Suzanne Noël elle-même, la pionnière de la chirurgie réparatrice, et l'aspect de son visage s'était un peu amélioré. Mais sa tête semblait perdue à jamais. Il ne la reconnaissait toujours pas.

Puis un jour, on l'informa qu'il avait trouvé la mort dans une de ses crises de démence. Il avait réussi à passer la tête à travers les barreaux du lit et il s'était étranglé en se débattant pour la ressortir.

Amélie était veuve et désormais libre d'épouser Aurélien.

Mais ils ne se marièrent pas. Aurélien lui en fit pourtant la demande et Amélie refusa, en y mettant les formes certes, mais refusa ; elle était contre cette institution à laquelle elle avait déjà goûté et qui faisait de la femme un être entièrement soumis à son mari. « Ne sommes-nous pas bien comme ça ? Nous nous aimons, c'est l'essentiel ! » conclut-elle en riant.

Aurélien se noyait dans le travail et passait ses journées voire ses nuits à l'hôpital dont il était devenu responsable.

Il allait, seul, voir ses parents régulièrement et ne leur avoua jamais avoir un fils. Cela le rongeait. Ses frères eurent des enfants et avaient constitué une grande famille qui vivait tous à la ferme autour des parents vieillissants mais heureux, la douleur de la disparition de leur fils aîné à la guerre s'était atténuée. Il y avait à nouveau des vaches, des moutons et des cochons. Comme avant. Avant, quand la vie était belle. Aurélien ne leur parla jamais ni d'Amélie ni de leur fils ; qu'y auraient-ils compris ? Il était considéré par sa famille comme un célibataire endurci qui n'avait dans la vie que son travail de médecin.

De fait, Aurélien avait acquis une solide réputation d'excellent chirurgien orthopédique et on venait de loin pour se faire opérer par lui.

Les années passaient. Amélie écrivait toujours dans son journal intime mais ses propos n'étaient pas ceux d'une femme heureuse. Le mensonge et le poids du secret empoisonnaient sa vie.

Bien que devenue directrice de son école pour laquelle elle soutint et appliqua de nombreuses réformes, elle s'engagea de plus en plus dans le féminisme et devint membre de l'association « La femme nouvelle » créée par Louise Weiss qui lui donnait quelques joies. En juillet 1936, elle fut à ses côtés au Parc des Princes pour la finale de football de la Coupe de France où toutes les femmes de l'association lâchèrent des ballons rouges lestés de tracts féministes réclamant le droit de vote dont un arriva dans la tribune du Président de la République d'alors, Albert Lebrun.

Le lendemain, elles offrirent aux députés des myosotis, fleur qui signifie symboliquement « ne m'oubliez pas » et aux sénateurs des chaussettes avec l'inscription « Même si vous nous donnez le droit de vote, vos chaussettes seront raccommodées » ! Le 10 juillet, elles s'enchaînèrent les unes aux autres et empêchèrent la circulation rue Royale à Paris pour réclamer le droit de vote.

Aurélien, pourtant convaincu des revendications des femmes, observa toute cette agitation d'abord avec un certain amusement puis avec lassitude. Il avait l'impression qu'Amélie le fuyait. Ils n'étaient plus heureux.

Monsieur Duhamel mourut le premier d'une mauvaise pneumonie et sa femme se remettait difficilement de sa disparition. Elle se rendait au cimetière tous les jours, parfois accompagnée de Léonie, toujours fidèle. La brasserie fut mise en gérance et confiée au contremaître qui secondait son mari de son vivant. C'est Amélie qui, après ses journées à l'école, vérifiait les comptes, passait les commandes, réglait les fournisseurs et contrôlait les ventes.

Madame Duhamel disparut à son tour.

Avant de mourir, elle murmura à Amélie « Tu sais, je connais ton secret, Julien est l'enfant d'Aurélien et pas de Louis, je l'ai vu tout de suite mais je me suis tue. Tu aurais dû me le dire, peut-être qu'en parlant nous aurions pu changer le cours des choses… ce n'est pas bon pour un enfant de ne pas savoir qui est son vrai père… mais tu as cru bien faire et maintenant il est trop tard… tu devras mourir avec ton secret… je te plains ma fille… »

Amélie s'écroula en larmes. Aux derniers instants de sa vie, elle découvrait la grandeur de sa mère, cette petite femme qu'elle avait toujours jugée sans intérêt. Elle eut honte. « Pardon, pardon, mère ! » ne sut-elle que lui dire. En réponse, sa mère lui signa le front de son pouce.

Le Porche aux Lions était désormais vide de tout habitant. Léonie avait rencontré un homme qui l'épousa, un mineur de fond, solide et bon. Une « Gueule Noire » comme on les appelait. Tout semblait aller bien pour eux même si Léonie était terrifiée par un possible coup de grisou chaque fois que son homme descendait au fond. La catastrophe de Courrières en 1906 qui avait plus de mille morts était encore dans toutes les mémoires des mineurs.

Amélie assista à son mariage et lui offrit une batterie de cuisine comme cadeau de noces et continua à prendre de ses nouvelles ; elle devint même la marraine de son premier fils à qui elle offrit un berceau et une layette complète. Il y a des souvenirs que l'on n'efface pas et Amélie n'oubliait pas ce qu'elle lui devait, depuis l'occupation allemande jusqu'aux années d'après-guerre où elle continua d'habiter le Porche aux Lions, entourant et soignant ses parents jusqu'à leur décès.

Amélie décida d'aller habiter le Porche aux Lions avec son fils. Elle en parla à Aurélien qui, connaissant son attachement pour cette maison, ne pourrait que la comprendre. Mais sa réaction ne fut pas du tout celle à laquelle elle s'attendait. Après un long silence, il parla, d'une voix calme et posée.

— Voyez-vous Amélie, si vous aviez accepté que je vous épouse c'est avec le plus grand plaisir que je serais venu habiter cette maison avec vous et Julien. Par le mariage, je serais devenu son beau-père et nous aurions pu enfin former une famille presque normale et les… convenances auxquelles vous êtes si attachée auraient été sauves. Hélas, vous n'avez pas voulu que je devienne votre mari pour des raisons qui vous appartiennent car vous savez parfaitement que jamais je ne me serais conduit avec vous de la manière que vous redoutez. Vous m'avez blessé ce jour-là, profondément blessé.

Allez donc habiter le Porche aux Lions, je continuerai d'habiter la maison où je suis et où Julien viendra me voir aussi souvent qu'il voudra, il y a sa chambre.

Je ne suis son père que par mes gènes et c'est loin d'être suffisant, vous le savez. Je crois que le mensonge nous a détruits tous les deux et que malheureusement nous n'avons pas le droit d'y mettre fin. Le mariage était la seule solution pour nous donner une chance de vivre presque normalement, tant pour Julien que pour vous et moi. Mais vous n'en avez pas voulu. J'aurais tellement aimé pouvoir vous tutoyer… et avoir d'autres enfants de vous…

Il se tut quelques instants, puis reprit.

… Amélie, dans ce moment de vérité où nous sommes, pouvez-vous m'expliquer, vous qui êtes une femme tellement libre et qui le clamez haut et fort, pourquoi attachez-vous tant de prix au qu'en-dira-t-on ? Ne vous sentez-vous pas en totale contradiction avec vous-même ? Et, par ailleurs, vous ai-je une seule fois manqué de respect ? Vous ai-je une seule fois empêchée de faire ce que vous décidiez ? J'avoue ne plus vous comprendre

Amélie, troublée et intimidée face à un Aurélien qu'elle ne connaissait pas, resta silencieuse un moment puis enfin s'exprima d'une voix lasse.

— Merci de m'avoir parlé comme vous venez de le faire. Vous avez raison sur pas mal de choses mais par sur tout. Je n'avais pas compris que vous viviez si mal notre relation, je pensais que vous avions trouvé un équilibre mais apparemment je me trompais.

Notre secret était trop lourd à porter, je le mesure à présent. Il faussait tout et il a eu raison de nous. Je n'avais pas compris non plus ce que le mariage pouvait nous apporter, c'est dommage et je le regrette. Je reconnais n'avoir pas été suffisamment clairvoyante et sans doute trop égoïste, mais j'ai fait du mieux que j'ai pu… quant à être victime des convenances et du qu'en-dira-t-on je le suis probablement, mon éducation bourgeoise sans doute…

Mais si le mariage était la solution, s'il est encore la solution, je suis prête à revenir sur ma décision et j'accepte de vous épouser, pour toutes les raisons que vous venez d'évoquer.

Aurélien sursauta.

— Ce serait donc un mariage de raison ? Mais on est en plein délire ! Vous ne comprenez donc pas ? Il est trop tard Amélie, beaucoup trop tard ! C'est moi qui ne veux plus et surtout pas d'un mariage de raison ! De toute façon, même avec le mariage, Julien ne portera jamais mon nom, jamais la vérité ne sera dite, jamais il ne m'appellera Papa, alors, à quoi bon ?

Sa voix se brisa mais il reprit.

— N'ayez crainte, je continuerai de veiller sur vous deux comme je l'ai toujours fait. Nous resterons amis, comme on dit…

Cette fois, la voix lui manqua et il sortit rapidement de la pièce.

Amélie s'écroula en gros sanglots, le visage caché dans son bras replié sur la table.

« Je ne veux pas porter un autre nom que celui de mon fils… je veux l'assumer pour lui, pour qu'il ne se doute jamais quel homme était son père, je veux qu'il reste pour lui le héros qui mena ses hommes au combat à Verdun au prix de sa vie, il ne comprendrait pas que j'épouse un autre homme ! Il faut que j'aille jusqu'au bout du mensonge ! La voilà la vérité ! Qui pourrait comprendre ? »

Louis de Cressac, même mort, continuait de régir sa vie. Son amour maternel faisait le reste.

Le Porche aux Lions reprit vie sous une autre forme ; Amélie, mue par une force et une volonté indestructibles, l'avait modernisé, meublé et décoré au goût du jour.

Cela plaisait beaucoup à Julien qui participait à certains travaux, de menuiserie notamment.

Aurélien venait déjeuner avec eux chaque dimanche et Julien allait lui rendre visite régulièrement ; de nouvelles relations se nouaient entre eux. Il restait parfois plusieurs jours avec lui quand sa mère allait à Paris pour sa contribution à son association « La femme nouvelle ». Aurélien s'installait souvent au piano et Julien commençait à l'écouter ; il lui demanda s'il pouvait lui jouer des airs à la mode, les chansons en vogue qu'il aimait et Aurélien achetait les partitions qu'ils déchiffraient ensemble. Par la suite, ils se retrouvèrent beaucoup autour du jazz américain et de Louis Armstrong qu'Aurélien appréciait beaucoup. Grâce à la musique, des liens se créèrent entre eux puis s'approfondirent. Aurélien lui acheta une guitare dont il apprit à jouer avec un ami médecin de l'hôpital dont la guitare était la deuxième passion après la médecine. Django Reinhard était son maître qui ne tarda pas à devenir celui de Julien et le jazz manouche emplissait la vieille maison de ses sons endiablés.

Puis il devint temps pour Julien qui venait de réussir son baccalauréat, de penser à une formation professionnelle car la musique ne nourrirait pas son homme. Il fit une grande école de commerce car il avait toujours la même attirance pour la brasserie de son grand-père qu'il comptait bien reprendre un jour.

On connaît la suite. Julien rencontra Lucie dont la beauté l'ensorcela. Ils s'aimèrent, me conçurent, moi Agnès, la guerre les sépara un moment, il revint, conçut ma sœur, repartit, revint, brisé par une histoire d'amour adultère que sa femme ne lui pardonna jamais. Et ils se tuèrent dans un improbable accident de voiture nous laissant orphelines ma sœur et moi.

Histoire à donner le tournis.

Le tribut payé aux deux guerres mondiales était lourd.

***

Arrivée à la fin de la lecture des cahiers intimes de ma grand-mère, lorsque j'apprends qu'Aurélien et elle se séparent, les bras m'en tombent. « Tout ça pour ça ? » Je suis révoltée avec l'envie de hurler « Vous n'aviez pas le droit ! »

Non, tu n'aurais pas dû me faire ça, Mounette, tu n'aurais pas dû. Comprends-moi ! J'ai lu tout ce que tu as écrit, tout ce qu'il t'a écrit et malgré le mal que je me suis donné, je ne sais toujours pas qui est Aurélien, la clé de voûte de toute mon histoire et ne le saurai jamais puisque tu es partie ! Victorine est morte avant toi et je n'ai plus cette piste. Rien ne filtre de tes confidences, rien ne transpire de tes cahiers et il y a plus d'une année que je cherche ! J'avais le droit de savoir d'où je viens ! Je ne veux pas rester une Agnès de Rien !

Une fois remise de mes désillusions et ma déception atténuée, je continuais, comme avant, à me rendre à Lille régulièrement pour vérifier que le Porche aux Lions était toujours debout, en bon état et pour en aérer les pièces, puis je rendais visite à Parrain qui vieillissait doucement.

Pour célébrer avec lui le premier anniversaire du décès de Mounette, je décidai de lui consacrer du temps. Il ne voyait plus personne à part moi et parfois Pauline et Philippe quand ils étaient disponibles. Il avait depuis longtemps engagé une gouvernante qui s'occupait de ses besoins matériels, une personne d'un certain âge, discrète et gentille.

J'ai apporté tout ce qu'il faut pour un déjeuner gourmand. Nous parlons du bon vieux temps, du cinéma Tsar qui n'existe plus, de son jardin devenu sa passion, du piano qui s'est tu, de ses livres dont aucun n'est volontairement achevé, « un livre n'est jamais terminé » disait-il, sans doute de peur d'écrire le mot « Fin » ?

Il fait beau et nous partons pour une promenade dans le parc que nous avons traversé si souvent tous les deux. Il me parle des derniers livres qu'il a lus, son analyse est fine et profonde, son acuité intellectuelle est étonnante pour quelqu'un de son âge.

Après un dîner léger, je rentre au Porche aux Lions pour y dormir dans ma chambre de jeune fille.

J'ignore pourquoi mais j'ai emmené mon manuscrit et, comme au tout début de la découverte des cahiers de Mounette, calée par mes oreillers, je feuillette une dernière fois les dizaines et dizaines de pages que j'ai noircies, j'en relis en diagonale quelques-unes prises au hasard avant de le refermer à jamais. Je ne veux plus entendre parler de cette histoire.

Soudain, un mot me saute aux yeux. « Catogan ». Je l'ai écrit deux fois. La première pour décrire la manière dont se coiffait le vieux monsieur qui vint déjeuner avec ma grand-mère deux fois par semaine pendant plusieurs décennies et la deuxième fois quand Aurélien revient de la guerre ses longs cheveux attachés de la même manière, en « catogan ». Étrange.

Un deuxième mot m'interpelle : « claudication » que j'ai écrite deux fois également, à propos de celle de Julien et de celle d'Aurélien au retour de leurs guerres respectives à trente ans d'intervalle, après une blessure qui leur laissera une légère claudication.

Un troisième mot me frappe également : « pipe ». Je retrouve le passage quand je parle de mon père « Enfermé dans son bureau où il pouvait fumer sa pipe sans encourir de reproches ». Plus loin dans mon récit, j'ai écrit, en parlant d'Aurélien, « en triturant une pipe éteinte » et « en remplissant une pipe de tabac blond ».

Ils « claudiquent » tous les deux ; ils fument la pipe tous les deux ; ils attachent leurs longs cheveux en catogan tous les deux.

Trois mots, trois coïncidences ou trois signes que je n'ai pas su voir jusqu'à ce qu'ils me frappent maintenant comme un coup de poing en plein visage ?

Je lis, relis les passages concernés et une espèce de flash m'aveugle.

Parrain et Aurélien ne font qu'un.

Depuis plus d'un an, j'ai la vérité sous les yeux et je n'ai jamais fait le lien.

Ou n'ai-je pas voulu le faire ?

Je dois réfléchir. Les souvenirs affluent.

Tant de choses sont à remettre en place dans ma tête ! Je repasse le film de ma vie en boucle, de ma naissance à la mort de mes parents, de mon adoption par ma grand-mère, de mon installation au Porche aux Lions à mes études et à la présence de

Parrain en continu près de moi, une présence discrète mais bien réelle. Il avait toujours veillé sur moi.

Pourquoi n'ai-je pas compris plus tôt ? Il m'était probablement difficile d'admettre que mon père, malgré les circonstances, était né d'une liaison adultérine ; de même, je ne voulais pas savoir qu'Aurélien et Amélie étaient amants, les enfants répugnent à savoir que leurs parents ont une vie sexuelle. S'ajoutait à ce fatras psychologique le barrage qu'avait construit Mounette autour de leur histoire, de cet homme qui était devenu le Parrain de tous, sans autre identité.

Je me suis installée depuis longtemps dans une forme de déni, de refus inconscient de prendre en compte une partie de la réalité qui était alors inacceptable pour moi.

Il était temps que je me réveille de cette intransigeance involontaire. Je dois enfin dire à Aurélien que je sais qu'il est mon grand-père, il ne peut pas mourir sans le savoir. Je dois le libérer de cet anonymat dans lequel il s'est enfermé depuis plus de soixante ans pour me protéger.

Comment lui dire que maintenant, je sais ? Il est si âgé, si fragile. Je ne veux pas le déstabiliser avec ma révélation intempestive, il est dans son rôle de Parrain depuis si longtemps…

Quand j'arrive chez lui – en tremblant un peu je dois bien l'avouer –, il est encore très tôt. Il se tient dans sa pièce préférée où il lit. Il enlève ses lunettes, se lève et m'embrasse « Déjà toi ? Que t'arrive-t-il pour venir si tôt ?

« Oui, il m'arrive quelque chose mais une très bonne chose ! Je vais préparer du café et je t'en parle ! »

Quand je reviens avec deux tasses fumantes, il a repris sa lecture. Il enlève à nouveau ses lunettes, les pose, me regarde, interrogateur : « Que t'arrive-t-il Petite ? Rien de grave ? »

Je prends un ton joyeux pour lui répondre « Non, pas du tout, c'est même du très bon ! »

— Parrain, vous vous souvenez des cahiers de Mounette dont je vous ai parlé voici déjà longtemps ?

— Oui, bien sûr, je m'en souviens et je t'avais même conseillé de les laisser dormir en paix… de ne pas remuer le passé…

— Ce que je n'ai pas fait, vous vous en doutez !

— Je m'en doute en effet, tu n'as jamais été très obéissante ! Déjà petite…

— Vous êtes injuste, j'ai toujours été sage comme une image ! Et j'ai bien fait de ne pas vous écouter parce que j'ai appris beaucoup de choses, de jolies choses, des choses terribles aussi, mais beaucoup de jolies… dont une encore plus belle que toutes les autres !

Il me regarde, interrogateur et un peu inquiet. Mais ma joie le rassure.

— J'ai découvert ce que je cherchais et que l'on a tant voulu me cacher…

Parrain s'agite un peu. Je me lève et vais m'accroupir près de lui pour lui prendre les mains, ses belles mains qui ont soigné tant de malades. Il tremble. Je continue d'une voix la plus douce possible.

— J'ai compris qu'Aurélien c'est vous. Vous êtes mon grand-père. Le père de mon père. Et je vous aime tant tous les deux !

Mais là, je craque et brisée par l'émotion, je cache mon visage sur ses genoux. Il pose une main sur mes cheveux. Des larmes coulent le long de son visage ; il me dit seulement « Petite, petite… » incapable de prononcer autre chose. Je pleure aussi. Un long silence s'installe.

Quand ce moment de grande émotion est passé, Grand-père-Aurélien-Parrain me demande « Comment as-tu fait pour trouver ? Avec ta grand-mère, on s'est tant ingéniés à ce que personne ne sache jamais ! »

Il a retrouvé sa voix, il se lève, solide, et je me retrouve dans ses bras, même à son âge il me dépasse d'une tête. Puis nous nous regardons intensément comme si nous nous découvrions, un moment d'une émotion indéfinissable. J'ai conscience que, lui comme moi, nous vivons un moment capital de nos vies. Nos mains ne se quittent plus.

On se réinstalle tous les deux et, sans lui lâcher les mains, je me soumets de bonne grâce au feu de ses questions et je lui raconte comment j'ai compris qui il était.

Et on parle, on parle, sans pouvoir s'arrêter. Je lui promets de lui remettre mon manuscrit et c'est alors qu'il me dit, ses yeux au fond des miens :

« Merci Petite. Merci de ton opiniâtreté, de ta persévérance, de ta volonté ; sans toi, je serais mort anonyme, comme j'ai vécu. Tu m'as fait sortir de l'ombre et maintenant je peux mourir en paix. Si mon fils ne m'a pas connu en tant que père, toi tu sais qui je suis, c'est une belle récompense que tu m'offres tu sais, je ne l'espérais plus ! Merci Petite… »

Il se lève et se dirige d'un pas incertain vers un secrétaire, en ouvre un grand tiroir et y prend quelque chose qu'il me tend. Des lettres. Des dizaines de lettres, bien rangées, bien ficelées. « Ce sont les réponses à celles que je lui écrivais et que tu connais déjà. Je te les donne. Elles te permettront de comprendre ce qui t'échappe encore. »

Quelque chose m'empêche de les prendre. La pudeur sans doute. Et à quoi bon, la vérité je la connais maintenant et je l'ai acceptée. Mais plusieurs photos dépassent du paquet de lettres : elles me tentent et je les lui demande. Il les extrait de la liasse. J'en reconnais plusieurs, Mounette avait les mêmes, dont celle de ce beau jeune homme au regard sombre et intense qui m'avait frappée quand je l'avais découverte. « C'est vous, n'est-ce pas ? » ; « Oui, j'étais encore bien jeune… »

Comme il était beau… Rien d'étonnant à ce que Mounette soit tombée amoureuse de lui !

Plus tard dans la soirée il me dit encore :

« De nos jours, une telle histoire ne pourrait plus exister, on se ficherait des convenances, l'amour triompherait librement et l'enfant serait à ses vrais parents. Mais avant ce n'était pas possible surtout avec cette fichue guerre, j'étais loin, je n'ai pas pu, pas su la protéger. Il a fallu mentir, mentir, mentir jusqu'à ce que nous n'en puissions plus, elle comme moi. J'ai craqué le premier. Elle était forte, si forte… Même quand Julien eut cet horrible accident de voiture qui lui coûta la vie, elle a tenu bon, pour toi, pour moi aussi… je ne sais pas où elle allait chercher cette force… Je n'ai aimé qu'elle… »

Je l'embrasse et me hasarde à l'appeler « Grand-Père » et à le tutoyer. Il sourit de bonheur.

— J'ai encore une question à te poser Grand-Père… Pourquoi as-tu choisi que je t'appelle « Parrain » alors que tu ne l'es pas ?

— Ton père aussi m'appelait Parrain pour les raisons que tu connais maintenant, c'est le subterfuge que nous avions trouvé ta grand-mère et moi mais ce n'est pas par hasard, réfléchis. Comment dit-on parrain en anglais ?

— Godfather ?

— Oui, Godfather. Tout n'est-il pas dans la traduction littérale de ce mot ?

Je l'embrasse à nouveau, les yeux mouillés de larmes.

Je passe la nuit chez lui pour ne pas le laisser seul après ces révélations, mais il faut absolument que je parte le lendemain. Il est déjà levé, a préparé du café et du pain grillé. Il a l'air en pleine forme et le regard joyeux.

« Rentre ma fille, tu as ton travail, Philippe et Pauline qui t'attendent. Tu lui diras qu'elle a encore son arrière-grand-père, c'est rare un arrière-grand-père à son âge ! Revenez bientôt tous les trois ! » Il n'avait pas perdu son sens de l'humour et ses yeux pétillaient à nouveau derrière ses lunettes.

Alors que j'avais déjà enfilé mon manteau, il ajouta : « Embrasse Philippe pour moi, c'est un homme bien. Je t'ai parfois dit qu'ici-bas il fallait accrocher son char à une étoile, tu as trouvé la tienne, ne la perds pas ! »

« Mon Dieu, gardez-le-nous encore longtemps, il a encore tant à nous apporter et nous avons tant à lui donner ! »

C'est la prière qui me vint au moment de le quitter. Je le laissai dans sa véranda baignée de la couleur du soleil, dans son fauteuil en cretonne fleurie, au milieu de ses livres, près de son piano, près de ses feuilles éparses qu'il continuait à noircir d'une écriture moins régulière.

« Au revoir, MONSIEUR Delattre ! Au revoir DOCTEUR Delattre ! RESPECT Aurélien ! Bienvenue GRAND-PÈRE ! » lui ai-je lancé depuis le pas de la porte. M'a-t-il entendue ? Je ne sais pas mais je l'espère. Le véritable héros de cette histoire, c'est lui.

Nous avons profité de « Parrain » pendant encore presque une année et nous passions tous nos week-ends avec lui. Je crois que nous l'avons rendu heureux au-delà de ce qu'il espérait. Pauline le couvait littéralement.

Puis un jour, en pleine semaine… coup de téléphone de sa gouvernante. Il a dû être hospitalisé, son cœur a lâché à quelques jours de ses quatre-vingt-dix-huit ans.

Je ne l'ai plus revu vivant. Il est mort seul et cela me crève le cœur.

Quand je me rends chez lui après l'enterrement, je remarque qu'un grand rangement a été fait dans la véranda. La gouvernante ? Non, elle n'avait touché à rien, mais la table, le piano sont nets, vides de vie. Derrière les vitres, j'aperçois les restes d'un grand feu de jardin. Je sors et m'en approche. Il n'y a plus que des fragments de papier noircis de tout ce qu'il avait brûlé.

Il ne reste rien de ce qu'il avait écrit. Je cours vers le secrétaire, les lettres d'Amélie qu'il m'avait montrées ont disparu.

Il avait dû sentir venir l'heure d'entreprendre son « Grand Voyage » et ses cahiers couverts de ses belles pensées, les partitions pour piano, il les avait brûlés. Dans les mêmes flammes, il avait jeté les lettres d'Amélie.

Des milliers de gerbes d'étoiles durent en jaillir. Pour escorter son char jusqu'à celle qui là-haut l'attendait, j'en suis sûre.

Les quelques jours qui suivirent le décès de Parrain furent difficiles pour moi.

Le chagrin, le regret, le remords, tout se mélangeait dans ma tête. L'heure du grand ménage était venue et je ne m'en sortirai pas sans consulter.

Après plusieurs semaines de séances auprès d'une psychothérapeute qui m'a aidée à voir plus clair dans mes interrogations et à comprendre le déni dans lequel je m'étais installée par confort, je me suis doucement remise de mon chagrin. Il me faudra encore du temps pour tout accepter et pour me pardonner de n'avoir compris que bien tard, mais avec Philippe et Pauline, je le ferai.

***

Désormais, le cœur presque en paix, mon histoire à moi, Agnès, continue. Et il se passe d'ailleurs des choses très heureuses et très importantes dans ma vie en ce moment : Philippe a été engagé par l'INRAP (Institut national de recherches archéologiques préventives) pour codiriger de nouvelles fouilles… en France !

C'est sur ce dossier qu'il travaillait depuis longtemps sans m'en parler de peur que je sois déçue au cas où sa démarche n'aboutirait pas. Attirée par nos exclamations de joie, Pauline nous rejoint et il recommence tout depuis le début.

Il nous explique qu'en 1953, on avait découvert, en Bourgogne, à Vix très précisément, un des plus beaux trésors archéologiques jamais découvert en France. Cela avait commencé par la sépulture à char princière intacte datant du VIe avant Jésus-Christ ainsi que d'autres trésors inestimables. C'était la tombe d'une princesse celte qu'on a appelée la Dame de Vix. D'autres fouilles, non loin de là, avaient repris suite à d'autres découvertes et c'est sur ce nouveau site que Philippe irait travailler. Des photos aériennes avaient révélé l'existence d'un vaste tumulus avec, en son centre, une fosse laissant présager d'autres somptueuses trouvailles. « Vous vous en rendez compte mes chéries, c'est une découverte majeure de la civilisation celtique que nous allons faire ! Je vais vous montrer des photos du premier site ! » Il revient avec un lourd dossier qu'il ouvre précautionneusement.

— Regardez-moi ces merveilles ! nous dit-il en étalant de grandes photographies en couleurs. Ce vase en bronze est le plus grand qui soit jamais parvenu jusqu'à nous ! Il mesure 1,64 m de haut, pèse 208 kg et pouvait contenir 1100 litres… remarquez ses anses en forme de gorgones, sa frise de chevaux et d'hoplites…

— Pas si vite Philippe, je ne comprends pas la moitié des mots que tu utilises… je ne suis qu'une pauvre juriste, tu sais…

— Et moi qu'une petite débutante en la matière… ajouta Pauline.

— Pardonnez-moi mes chéries, je sais, mais tout ça est tellement extraordinaire.

Un hoplite est un fantassin de la Grèce antique, un soldat d'élite autrement dit ! Voyez ce torque en or pur, diadème si vous préférez, cette maquette du char, ces fibules (ancêtres de nos épingles de sûreté !) dont une en fer, vous vous en rendez compte ? Et ça, c'est une paire d'anneaux en bronze que la princesse portait aux chevilles… Trop beau !

Philippe exultait, Pauline et moi aussi bien évidemment, même si tous ces beaux projets allaient bouleverser nos vies en profondeur. Mais j'étais partante.

Il m'apparut alors que je ne supportais plus mon nom, que je n'en voulais plus. Agnès de Cressac. Je savais désormais qu'il était en quelque sorte usurpé. Je suis Agnès Delattre et fière de l'être mais je ne pourrai jamais en faire état. Le secret, hélas, perdurera.

Je m'en ouvris à Philippe qui aussitôt, avec le plus grand sérieux, me suggéra : « Il y a une solution très simple à cela : tu m'épouses et de cette façon tu ne t'appelleras plus ni de Cressac, ni malheureusement Delattre, mais tout simplement du nom de ton mari… qui est aussi celui de ta fille, je te rappelle ! » J'éclatai de rire. Quelle chance d'être née fille !

Un peu plus tard, en me blottissant dans ses bras comme je le fais souvent, je lui murmure : « Dis, tout à l'heure, c'était une vraie demande en mariage ou tu plaisantais ? "Mais on ne plaisante pas avec ce genre de chose !" me rétorque-t-il aussitôt, attends-moi, je reviens. »

Il revint une heure plus tard. Il s'était changé, avait même mis une cravate et tenait, maladroitement, un énorme bouquet de fleurs.

« Agnès de Rien, veux-tu me faire le grand honneur, l'immense joie et l'infini bonheur de devenir ma femme ? » En ajoutant aussitôt, sans doute pour couper l'émotion qui montait : « Si ça n'était pas une demande en mariage dans les règles, qu'était-ce, dis-le-moi ! »

Je riais et pleurais à la fois ; ainsi il se souvenait d'Agnès de Rien… Mon Philippe, Parrain avait raison, tu es l'étoile auquel j'ai accroché mon char depuis longtemps et pour longtemps encore. Oui, je veux t'épouser, non pas pour changer de nom et fuir mon identité, mais pour toi que j'aime depuis si longtemps. Oui, je veux être ta femme.

Pauline sauta de joie quand on lui annonça la nouvelle. « Vous ne pouviez pas me faire de plus beau cadeau ! »

Samedi 25 juin 1988

C'est à cette date que, proches de la cinquantaine, Philippe et moi nous sommes mariés en Bretagne, dans le village de ses parents ; son frère et sa sœur furent nos témoins. Ce fut une journée magnifique malgré quelques averses bien bretonnes ; nous la prolongeâmes de quelques jours de vacances en guise de voyage de noces dont nos nouveaux projets de vie allaient nous priver pour le moment. Pauline avait retrouvé ses cousins et ses grands-parents paternels avec bonheur, même si elle avait pour habitude d'aller passer une partie de ses étés avec eux.

Puis nous regagnâmes Amiens où de grandes décisions devaient être prises pour notre avenir et la nouvelle mission de Philippe ; il était souvent plongé dans des pensées qui semblaient profondes.

— Oui ma chérie, ça cogite ferme là-haut ! Et il y a des idées qui me viennent !

— Il est vrai que moi aussi je réfléchis beaucoup à ce qui serait le mieux pour nous et pour Pauline.

— Dis à quoi tu penses la première !

— Non, toi d'abord !

— C'est vrai que je suis le chef de famille maintenant… alors je prends mes responsabilités ! La Bourgogne n'est qu'à quatre cent cinquante kilomètres d'Amiens et je pourrais faire le trajet chaque semaine pour vous retrouver ici, chez nous… qu'en dis-tu ?

— Mais ça ne serait pas une vie pour toi !

— Tu sais, les premiers temps je serai tellement occupé que je ne m'en rendrai pas compte…

— Mais moi oui….

— Il y a deux autres idées qui me sont venues mais elles impliquent de grands changements pour toi et pour Pauline…

— Dis-moi, dis-moi, peut-être allons-nous nous rejoindre sur l'une d'elles !

— La deuxième, c'est que nous déménagions à Dijon mais elle impliquerait que tu changes de travail et Pauline d'université…

— Oui, je l'avais envisagé aussi…

— Troisième idée : nous déménageons à Lille, Pauline et toi vous vous installez au Porche aux Lions et moi je fais le trajet chaque semaine, c'est à peu près à la même distance qu'Amiens, avec cependant un avantage sentimental certain pour toi…

Je n'avais même pas osé penser à cette solution… aller habiter mon cher Porche aux Lions pour nous y installer définitivement !

***

La dernière page de mon manuscrit, je l'écris depuis Dijon, près du site archéologique de Vix. Oui, Dijon, où nous sommes installés depuis quelques mois.

Finalement, c'est la solution que j'ai choisie car Philippe m'a laissée entièrement libre de le faire. Je ne voulais à aucun prix vivre loin de lui.

Je n'ai plus besoin du Porche aux lions. La seule chose que j'ai gardée, c'est le piano déménagé dans la nouvelle maison de Dijon dont la pièce à vivre était assez grande pour l'accueillir. Professionnellement, j'ai été affectée au Tribunal de grande instance de Dijon. Je n'ai pas d'ambition de carrière, j'aime être juge aux affaires de familles et aider les enfants qui en ont besoin dans les conflits conjugaux. Et puis j'ai envie d'écrire ; j'ai commencé avec le manuscrit, je voudrais continuer.

Pauline a choisi d'aller poursuivre ses études d'archéologie à Paris où elle habite un adorable petit appartement dans le quartier des Batignolles que nous avons décoré toutes les deux. Nous croyons qu'elle a un ami et attendons avec impatience qu'elle nous le présente… ou pas, si elle juge que ce n'est pas encore suffisamment sérieux.

Philippe est passionné par ce qu'il fait et chaque soir il me raconte ce qu'il a découvert ou ce qu'il ne va pas tarder à découvrir, comme un enfant au pied du sapin de Noël.

Nous venons d'acheter une maison. Une maison moderne, tout en ouvertures et verdure. Le contraire du Porche aux Lions. Lors de la vente de la vieille maison, je ne cache pas que j'ai pleuré en remettant ses clés aux nouveaux propriétaires… mais pas très longtemps, j'étais la seule à y être viscéralement attachée et j'avais coupé le cordon.

Je ne garderai à Lille que son cimetière où reposent ceux que j'aime.

Amélie et Aurélien n'ont pas été enterrés ensemble.

Juste à deux allées l'un de l'autre.

Les convenances, vous comprenez.

# Épilogue

Je viens de finir la lecture du manuscrit que ma mère avait rédigé d'après les journaux intimes de sa grand-mère Amélie.

Je l'avais trouvé en rangeant le grenier de la maison de mes chers parents après leur décès, comme ma mère avait découvert les cahiers intimes de sa grand-mère au fond d'une vieille armoire, une chaîne de transmission en quelque sorte.

Mon métier d'archéologue ne m'a pas permis d'avoir d'enfant et surtout je n'ai pas rencontré l'homme qui m'aurait donné l'envie d'être mère. La chaîne s'arrête donc avec moi mais ai-je pour autant le droit de laisser cette belle histoire, parce qu'elle est belle, aux oubliettes ?

Même en 2022, plus de cent ans après, elle vaut d'être connue. Alors je vais en écrire un livre. Amélie et Aurélien que j'ai aimés méritent de revivre, tout comme ces héros anonymes qui les entouraient.

Nous n'avons pas eu assez de temps et je n'ai pas pu vous dire que j'étais fière que vous soyez mes arrière-grands-parents, mais avec ce livre vous le saurez pour l'éternité.

Votre Pauline, fille d'Agnès et de Philippe

Imprimé en France
Achevé d'imprimer en mars 2022
Dépôt légal : février 2022

Pour

Le Lys Bleu Éditions
40, rue du Louvre
75001 Paris